柳内たくみ
Yanai Takumi
Illustration:黒獅子
GATE
ゲート
自衛隊
彼の海にて
斯く戦えり
SEASON 2
3.熱走編
上

「あんた、いい腕だね」
料理を出し入れするための大窓から中を覗き込むと、オディールは料理人に声を掛けた。

「名前は？」
「トクシマ……
徳島甫」

ゲート SEASON2
自衛隊　彼の海にて、斯く戦えり
3.熱走編〈上〉

A L P H A L I G H T

柳内たくみ
Takumi Yanai

アルファライト文庫

主な登場人物 Main Characters

徳島甫《とくしまはじめ》

海上自衛隊二等海曹。
特務艇『はしだて』への配属
経験もある給養員（料理人）。

オデット・ゼ・ネヴュラ

翼皇種《アヴィ》の少女。
戦艦オデット号の船守り。
プリメーラの親友。

江田島五郎《えだじまごろう》

海上自衛隊一等海佐。
情報業務群・特地担当統括官。
生粋の“艦”マニア。

シュラ・ノ・アーチ

帆艇アーチ号船長。
正義の海賊アーチ一族。
プリメーラの親友。

プリメーラ・ルナ・アヴィオン

ティナエ統領の娘。
極度の人見知りだが酒を飲む
と気丈になる『酔姫』。

シャムロック・ハ・エリクシール

ティナエ政府
最高意思決定機関
『十人委員会』のメンバー。

メイベル・フォーン

亜神ロゥリィとの戦いに敗れ、
神に見捨てられた亜神。
徳島達と行動を共にする。

ドラケ・ド・モヒート

アヴィオン海の海賊七頭目の
一人。義理人情に篤く、
部下に慕われる。

オディール・ゼ・ネヴュラ

ドラケ海賊団オディール号の
船守りを任される漆黒の
翼皇種《アヴィ》の少女。

その他の登場人物

レディ・フレ・バグ ……………海に浮かぶ国アトランティアの女王《ハーラム》。
ダーレル・ゴ・トーハン ……………アヴィオン海の海賊七頭目の一人。
濱湊伸朗《はまみなとのぶろう》 ……………海上自衛隊ミサイル艇隊司令。
黒須智幸《くろすともゆき》 ……………海上自衛隊ミサイル艇『うみたか』艦長。
高橋健二《たかはしけんじ》 ……………海上保安庁一等海上保安正。
アマレット ……………プリメーラ付きのメイド長。
イスラ・デ・ピノス ……………シャムロックの秘書。

特地アルヌス周辺
碧海
グラス半島
クンドラン海
●メギド
アヴィオン海

●ロンデル
帝都●
●イタリカ
◎アルヌス
エルベ藩王国
トュマレン
碧　海

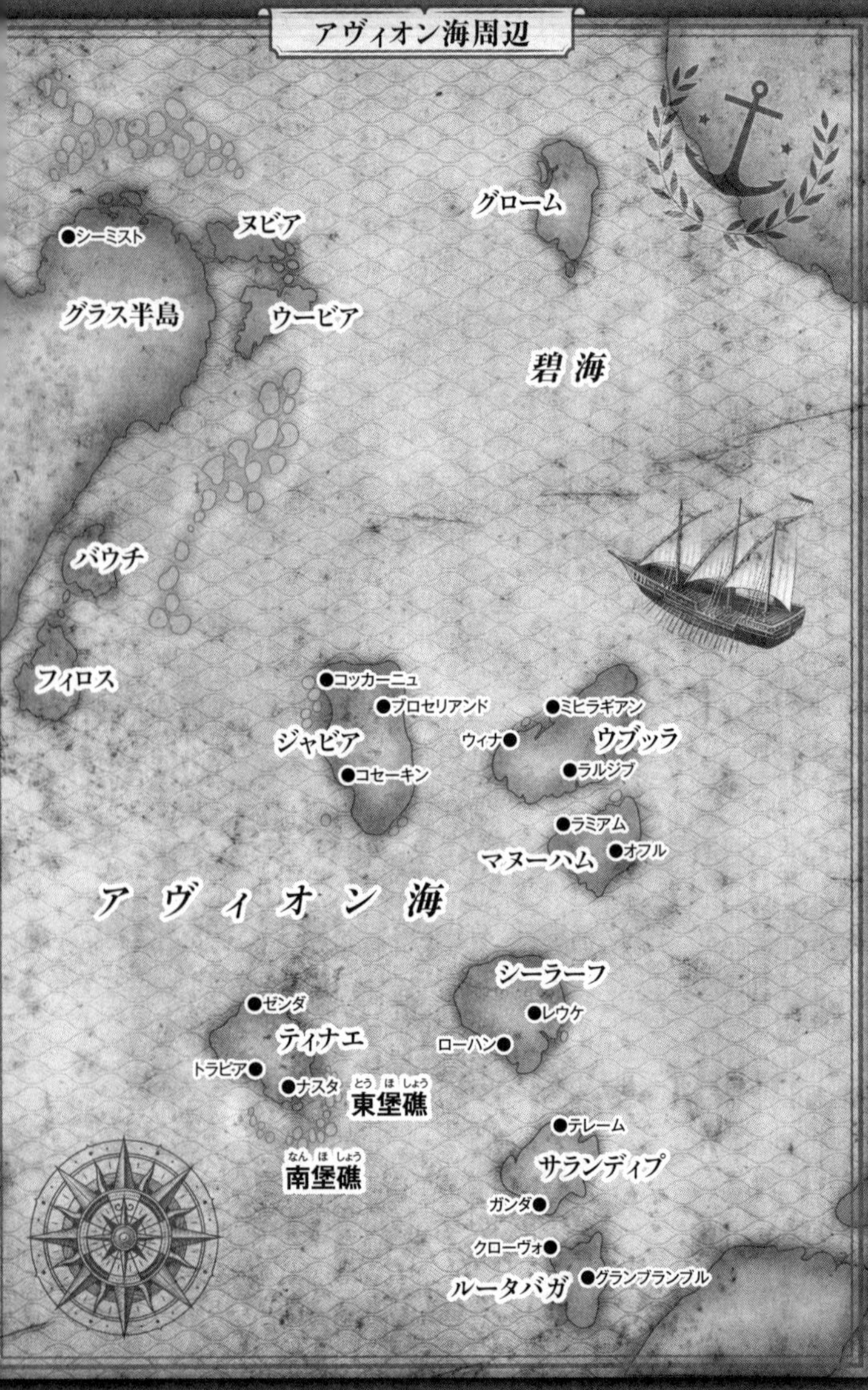
アヴィオン海周辺
グローム
ヌビア
シーミスト
グラス半島
ウービア
碧海
バウチ
フィロス
コッカーニュ
ブロセリアンド
ミヒラギアン
ジャビア
ウィナ
ウブッラ
コセーキン
ラルジブ
ラミアム
オフル
マヌーハム
アヴィオン海
シーラーフ
ゼンダ
レウケ
ティナエ
ローハン
トラビア
ナスタ
東堡礁《とうほしょう》
テレーム
南堡礁《なんほしょう》
サランディプ
ガンダ
クローヴォ
グランブランブル
ルータバガ

序

特別地域／アヴィオン海とクンドラン海のほぼ境あたり／北緯二八度二四分・東経一二度五三分

ロンデル標準時間〇五三五時《まるごさんご》——

蒼穹《そうきゅう》に浮かぶ白い機体。

雲の隙間から姿を現しては隠れ、また現すを繰り返すそれは、P3C哨戒機《しょうかいき》。海上自衛隊・特地派遣海賊対処行動航空隊所属の隊員達が乗り込む機体であった。

彼らは眼下の蒼海《そうかい》で起きている出来事を監視していた。

「TACCO《タコー》（戦術航空士）！　民間商船二五隻《ふたじゅうごせき》と、海賊の帆船《はんせん》が、ひぃふぅ……一二《ひとじゅうふた》、いや三……合わせて一三隻《ひとじゅうさん》見えた！」

双眼鏡片手に、小さな窓に張り付くように海上を監視する隊員達が目にしたのは、逃げる商帆船団と、それを追う海賊帆船の群れという光景である。

追う側が海賊だと分かったのは、揃って黒い帆を掲げているからだ。

存在そのものが人倫や法律に反する海賊達だが、彼らも仕事の際は自分達が何者であるかを示すというルールだけは健気に守っていた。

TACCO《タコー》は状況を把握すると、航法兼通信を担当するNAV／COMM《ナブコム》に対し、テイナエ共和国の首都ナスタに置かれた海賊対処行動航空隊司令部に速やかに報告するよう命じた。

『司令部、ユラヒメ〇二《まるふた》。哨戒《しょうかい》エリア〇四六六《まるよんろくろく》にて海賊に襲われている商船団を発見した……』

そうして改めて窓から海面を見下ろす。

海賊の帆船が、激しい砲撃の噴煙《ふんえん》を上げていた。

発射されているのは、炸裂《さくれつ》しない純然たる金属の塊《かたまり》だ。しかしその威力は想像以上に凄まじく、商船に直撃すると船体を構成していた木材が破片となって辺りにまき散らされた。

周囲の碧《あお》い海面には、倒れ落ちたマストや白い帆、こんがらかった索具《ロープ》といったものがゴミのごとく浮いている。そしてその隙間には、動かなくなった人型の何かが無数に浮かんでいるのも認められた。

「これは酷いな」

「くそっ……」

商船の甲板上《こうはん》（日本では、シビリアン籍の船の甲板を『こうはん』と読む習慣がある。由来は不明）では、乗組員が剣を振るい必死になって海賊と戦っている。

だが多勢に無勢、戦いは海賊の側が優勢だ。既に抵抗力を失い拿捕《だほ》された船では、海賊達が勝利の雄叫びを上げ略奪を始めていた。

「おい、あれを見ろ」

略奪の対象は荷物だけではない。

乗客として乗り合わせていたと思われる男女、子供達が海賊によって力ずくで船倉《せんそう》から引きずり出されている。みんな懸命に抵抗しているが、ならず者にはとても敵わない。

このような粗暴な海賊行為は、銀座側の世界では過去のものとして映画のワンシーンに登場するだけだ。それだけに隊員達には、この光景が今ひとつ非現実的なものに思われたのである。

「くそっ、この世界の海軍は何をしてるんだ？　船団に護衛船も付けないのか!?」

「いや多分、あれが地元海軍の艦艇《かんてい》です」

Ｐ３Ｃは周囲を旋回し、監視を続けた。

この世界の海では一般商船と戦闘艦を見た目で区別するのは難しい。帆船といってもマストの数や帆の形状、枚数など様々な種類があるし、どの船も自衛を目的とした武装を施している。

しかしそれでも明らかに、自衛の範囲を超える武器を積んだ船が商船団の中に混ざっていた。それが、群れを成して押し寄せる黒帆の海賊船と果敢に戦っているのだ。

「あれがティナエの海軍なのか？」

目を凝らしてみると、海賊と戦っているティナエ海軍艦のマストに海軍旗がはためいていた。

よくよく見れば船首楼甲板《せんしゅろうかんぱん》には、大型の弩《おおゆみ》のような武器も装備されている。

彼らは迫ってくる海賊船を追い散らそうと、電信柱のような太くて長い弩槍《どそう》を投射し、無数の弓箭《きゅうせん》を放って必死に奮戦していた。

しかしその必死さのほとんどは報われていない。海軍の艦艇は、海賊一三隻に対して僅《わず》か四隻しかないのだ。あるいはこの戦いの中で、強力な海賊船団に一隻また一隻と沈められてしまったのかもしれない。

ここまで一方的な戦いになってしまっているのは、海賊がこの世界に存在しなかったはずの新兵器――大砲を装備しているからだ。

海軍の艦隊は、得意とする移乗戦闘を始める前に、大砲でマストを折られ、舵板《かじいた》を割られ身動きを取れなくされてしまう。

そうなると武器を手に甲板に集まった水兵達は手も足も出ない。射撃練習の標的のように一方的に狙い撃たれていくだけだ。

これでは海賊に対抗することなどとても出来ない。出来るはずがないのだ。

「くそっ……なんて酷いことを」

大砲の砲弾を四方八方から撃ち込まれた海軍の艦艇は、とても正視できない惨状を呈《てい》していた。露天甲板には、動かなくなった屍《しかばね》が鮮血にまみれて累々《るいるい》と横たわっている。

そしてそのまま、船は海に沈んでいこうとしていた。

「おい、あの娘まだ生きてるぞ！」

船には、アヴィオン海の風習で船守《ふなも》りという巫女《みこ》が乗り込んでいる。

その有翼種の女性が屍の間に座り込んだまま、虚ろな表情で空を見上げていた。おそらくあの艦の乗組員達は、彼女を庇《かば》って倒れていったのだ。

双眼鏡で様子を見つめていた海自の隊員達は、その娘と目が合ったような気がした。

「くそっ、どうしてこの機には、爆弾の一個も、魚雷の一本も搭載してないんだ！　もしあれば掩護《えんご》できるってのによ！」

だが、彼らに与えられた任務は『監視』である。

手を出してはならない。

任務に忠実であらねばならない責務と、目の前で起きている惨劇に対する義憤《ぎふん》とで板挟みとなった彼らは、砕けてしまいそうなほど力を込めて奥歯を噛みしめたのである。

＊　＊

黒翼の少女オディール・ゼ・ネヴュラは、うなじあたりに刺すような気配を感じて背後の空を見上げた。

「ん？」

だが漆黒一色の翼を広げて身を捩《ひね》り、強い陽射しに腹部を曝《さら》す背面飛行に移った彼女に見えたのは、水平線から顔を覗かせたばかりの太陽と、空と、雲だけである。

「ちっ、気のせいかよ」

すぐに半横転し、意識を眼下の海へと戻そうとする。

「いや、違うな……」

しかしどうしても疑念を拭《ぬぐ》いきれず、自分の翼から黒羽を一枚引き抜くと、それに透き通すようにして東の空を覗く。すると、太陽の強い輝きに隠されていた何かの正体が見えてきた。

「あれは……ヒコウキ？」

大空とはこれまで、有翼種の縄張りであった。

だが最近はその常識が崩れつつある。ニホン人と呼ばれる連中が持ち込んだヒコウキという魔法装置が、このアヴィオン海の空を飛ぶようになってきたのだ。

もちろんそれらが一機、二機飛んだところで、有翼種が飛べなくなるほど空は狭くはない。しかしその強烈な存在感はどこか古代龍にも似ていて、そんなものがいると思うだけで息を潜めたくなってしまうのだ。

「ドラケ！」

すぐに報せようと、振り返って海上に目をやる。

するとオディールの名を冠した黒帆の海賊船は大砲をぶっ放していた。

「撃てぇ！」

船長ドラケ・ド・モヒートの号令が轟《とどろ》くと、海賊船オディール号は第二甲板（一番

上の甲板を第一として、その下にある甲板）の右舷側《みぎげんそく》に並んだ大砲十門を一斉に撃ち放った。

大量の噴煙が、すれ違う形で行き合った海軍の艦との間に立ちこめる。一瞬にして視界が塞がれお互いの姿は見えなくなった。

その一斉射撃は、パンタグリュエル商船団を護衛するティナエ海軍の軍艦からマストを奪った。巨大な帆柱の根本が打ち砕かれ、音を立てて倒れていく。

甲板に大きなラティーン型セイルとそれに繋がった大小の索具《ロープ》が覆い被さる。移乗戦闘に備えて集まっていた水兵達は大騒ぎしながら右往左往し、大混乱に陥った。

「よし、今だ！　風下《かざしも》に舵《かじ》を切れ！」

その隙を見逃すドラケではない。船尾楼《せんびろう》甲板の右舷に走り寄って敵を睨《にら》み付けつつ命令を続けざまに発した。

「ラーラホー船長！」

直後、オディール号は素早い挙動で針路を右に変更。

折れたマストを海中に引きずり行足《ゆきあし》が止まった海軍の艦は、それに付いていけず無防備な艫《とも》をオディール号に曝《さら》すことになった。

「撃て！」

再度行われる、舷側に並んだ大砲十門の一斉射。

すると発射された鉄の球塊が敵艦の艫板《ともいた》を破った。

艦尾を形作る船材が木っ端微塵《こっぱみじん》になり、辺りに横殴りの吹雪のごとくまき散らされる。

しかし砲撃はそれで終わりではない。砲手達が大砲に群がって爆轟《ばくごう》魔法の充填《じゅうてん》、弾込め、そして着火……間断《かんだん》なくこの三工程を二回繰り返した。

「撃て！」

「撃て！」

この三連撃で、海軍艦の中は滅茶苦茶になっているはずだ。何しろ一抱《ひとかか》えもあるような大きな鉄塊が都合三十発、爆轟魔法の力で打ちこまれたのだから。

こんなものが艦の弱点である艫から飛び込んで艦内で跳ね回ったらどうなるか。

身体を掠《かす》めただけで、タフネスを気取った屈強な戦士もたちまち血袋肉塊《ちぶくろにくかい》と化してしまう。

そして鎖に繋がれた漕役《そうえき》奴隷達も、それぞれの座席に繋がれたまま逃げることも出来ずに絶命していった。

「よしゃ、とどめだ。とどめを刺せっ！」

「そうだそうだ、海の藻屑《もくず》にしてやれ！」

戦いの熱狂に興奮した海賊達が、更なる砲撃をとドラケに求めた。彼らは憎い海軍の艦を徹底的に破壊し尽くし、海に沈めることを求めていた。

しかしドラケはこの艦との戦闘はここで終了だと宣言する。

「なんで⁉」「どうして⁉」

「馬鹿野郎！　海軍なんか相手にしたって何にも得られるものはねえぞ。狙うならお宝だろう⁉　お宝をたんまり積んだ商船を狙うんだ！　それとも、お前達の腹はもう一杯か？　これ以上は食い切れないってか？」

ドラケはそう言って、獲物となるパンタグリュエル商船団の方角に船を向けるよう命じたのである。

「そ、そうだった‼」

戦いの興奮で我を忘れていた海賊達も、自分達の狙いが何であるかを思い出した。そして航海士の指示に従って甲板を走り、帆の向きを変える索具《ロープ》を引っ張って、金銀財宝をたっぷりと積み込んでいるはずの商船群へと舳先《へさき》を向けたのである。

「ドラケ！　ドラケったら、ドラケ！　返事しろよ！」

高度を下げたオディールの声が、マストトップで見張りをする乗組員の耳に入ったのは、そうした作業の喧噪《けんそう》が一段落ついた後だった。

海上の戦いは、芝居《アニメ》や御伽草子《マンガ》のようにテンポよくは進まない。

戦っている最中はもう「頭や身体が一つじゃ足りん！」と叫びたくなるほど忙しくなるのに、それが終わって次の獲物に追いつこうとすると、途端に暇になる。

特に帆船同士の戦いは同じ風を受け、どちらが速く進めるかを競う、船の性能比べ、乗組員の技量比べでもある。手巾《ハンカチ》でも洗濯物でもとにかく風を受けられるものを帆柱にぶら下げ、相手に追いつこうとするのだ。

相手だって命が懸かっているから必死だ。なんとか引き離そうと工夫する。

船の性能、乗組員の技量と根性――この差が明確ならばあっという間に追いつき、あるいは突き放されるが、拮抗《きっこう》していると、何日も、下手をすると何十日も、どちらかが諦めるまで延々と追いかけっこをしてしまうといったことが起こるのだ。

そうなると、目と鼻の先に敵がいるというのに、次の戦いまで間が空《あ》いてしまう。敵愾《てきがい》心を燃やして戦いに挑まんとしていても、ちっとも始まらないため乗組員達は大いに気勢《きせい》を削がれることになるのだ。

そんな時にどうするかを考えるのも船長の資質と言えた。

ドラケは甲板に無造作に積み上げてあった略奪品の箱や樽を、それぞれ船倉《せんそう》へ移すよう配下に命じた。それらは襲撃初期に拿捕した船の略奪品である。船倉にしっかりと収めておかなければ、次の戦いで傷物になったり邪魔になったりする可能性があった。

「へーい」

すると海賊達も、疲れているのにもかかわらず、不平を漏らさず荷物を抱えて梯子段《はしごだん》の上り下りを始めた。彼らも海賊歴が長いから、いくらイキっていても疲れるだけだということを知っているのだ。やれることをやれる時にやる。そういう切り替えの速さが、海賊に求められる資質なのかもしれない。

「あと、子供達を休ませろ！　いいな！」

「ラーラホー、船長！」

「お前達も、はしゃいでないで眠れる時に眠っておけ！」

大砲の傍らにいた子供達が「はーい」と声を揃え、疲れを癒やすべく船室に下りていった。すると入れ替わりに掃除の担当者が上がってきて、血で汚れた甲板の掃除を始める。

海賊と言いながらも、オディール号の規律はこのように存外よく守られていた。それも全てはドラケの薫陶《くんとう》が隅々にまで行き届いているからなのだ。

「お頭《かしら》！　オディールの奴が叫んでますぜ！」

見張り員のガルツからの報告がドラケの耳に入ったのは、そんな時だった。

ドラケは、振り返りざまに見張り員ガルツの頭を拳でぶん殴る。

「痛っ、何すんすかっ⁉　いきなりっ！」

「船長と呼べと言ったろっ！」

「す、すみません」

「それと、オディールがあれだけ騒いでるってことは、お前、見張りを怠《おこた》っていただろう⁉」

上空で何やら忙《せわ》しなく舞うオディールを見上げたドラケは、ガルツにそう指摘する。

「す、すみません。つい戦いに目が行っちまって。あの凹凸《おうとつ》の少ない細っこい身体じゃ、眺めていても飽きますし、俺としちゃあもっと豊満なほうが……」

「馬鹿野郎。そんなこと本人の前で決して口にするなよ！　あいつ案外気にしてるんだ！」

「分かってますって！　おいらだってそんな命知らずじゃねえ！」

「とにかくこれに懲《こ》りて、二度とオディールから目を離すな。いいな！」

「ら、ラーラホー船長！」

それだけ言い終えると、ドラケは単眼鏡を取り出し上空のオディールへ向けた。すると漆黒の翼を広げたオディールが再び踊るように舞った。

そのバレエにも似た空中舞踊は実はそのまま信号となっている。戦場ではあちこちで大砲が発射され、海賊の雄叫《おたけ》びや乗客の悲鳴が上がる。そんな環境ではとても声だけでの意思疎通は不可能だ。そのために編み出されたのが彼女達の信号舞《しんごうぶ》だった。

もちろん誰も見てなければ意味はないのだが……

「ガルツ！　オディールの信号舞を読み上げろ」

「は、はい。花、黒、青、黄色、……意味は……えっと……警戒、敵、近付く……以上っす！」

ガルツは手元の信号表と照らし合わせながら言った。

ドラケはオディールの指差す方向に単眼鏡を向けた。すると確かに見慣れない何かが飛んでいる様子が見えたのである。

「『敵、近付く』だと⁉」

翼や胴に赤い丸のマークが入っている。噂に聞くニホンのヒコウキだ。

しかしその動きは、オディールが言うような警戒が必要なものとは思えない。ヒコウキは狩り場となった海域の外縁を、ゆっくりと周回しているだけだからだ。

「ちっ、くそっ。そういうことか！」

しかし、一見無害に見えるその行動が何を意味するかに気付いたドラケは舌打ちした。

「ガルツ、信号旗を掲げろ。撤退だ！　ずらかるぞ！　取り舵!!」

甲板で作業をしていた海賊達は、信じられないものでも見るかのような顔をして、働かせていた手や足を止めたのだった。


船長は、船の上では絶対的存在だ。

乗組員はたとえ納得できなくとも、船長の命令に従わなくてはならない。

「と、取り舵いっぱい」

操舵室にいる操舵長は、首を傾げながらも舵柄《だへい》を引き、甲板員達も何が起きているのかと疑問に思いつつ、言われるまま帆の向きを変えていく。

オディール号は獲物を追うコースからこうして離れていった。

「船長!?　一体何をやってるんです!?」

するとクォーターマスターのパンペロが血相を変えてドラケの元にやってきた。

クォーターマスターとは、海軍や民間商船にはない海賊独特の役職だ。

船の上では船長に権力の全てが集中している。しかしそれでは乗組員達が一方的に酷使されるだけで終わってしまう。そしてそのままにしておくと、反感を溜めた乗組員が反乱を起こして船長を追放するという結末に向かうことになる。

そういった事態を防ぐために作られた役職がクォーターマスターであった。

乗組員達の代表として選出されたクォーターマスターは、船長の権力濫用を監視し、海賊活動で得た戦利品の公平な分配を担当する。言わば、企業における組合代表のような立場だ。

そんなクォーターマスターが、ドラケの判断に異議を唱えるのも至極当然であった。

これまでオディール号が海軍の軍船を片付けることに専念してきたのは、パンタグリュエル商船団の財貨を奪い取って我が物とするためだ。ここに至るまでの苦労、血と汗の代価は、これから回収するのである。それを途中で止めてしまったら全てが台無しだ。

「んなことは俺だって分かってるさ、パンペロ。でも仕方ないだろう？」

「船長、一体何故なんですか？」

「あれだ、全てはあいつのせいだ……」

ドラケは、嫌そうな顔をしながら空に浮かぶＰ３Ｃを指差したのである。

オディール号のマストに、するすると信号旗が上がる。

黄色、緑、白、青……色とりどり、様々な模様の旗が並ぶそれは、ドラケから全海賊船に向けて退却を指示するものであった。

するとと三隻の船が、『了解』を意味する旗を揚げ、オディール号の後ろを追従するべく針路を変える。だが、他の海賊船は彼の指示に従う素振りを見せなかった。

「ちっ、くそっ！　どうして奴らは俺に従わない！」

パンタグリュエル商船団のような大きな獲物を襲う際、海賊は他の頭目に声をかけて複数の船団を集めて仕事をする。そうしないと護衛に付く海軍の艦と渡り合えないからだ。それゆえ今回は、ドラケが率いる四隻の他、ダーレル海賊船団から五隻、ブラド海賊船団から二隻、そして単船海賊が二隻参加していた。

もちろん指揮系統がバラバラでは数の力を活かせないから、最初に獲物を見つけた海賊船団の頭目――今回の場合はドラケだった――が襲撃を仕切るのがしきたりだ。だが、そのドラケの退却指示にもかかわらず、ドラケの船団以外は従わなかったのである。

「みんな獲物に夢中でこっちを見てないんじゃないすか⁉」

きっと戦いとお宝と女に夢中なのだと信号手のガルツは言った。

そんなのはお前だけだ、とはドラケも言えなかった。

見張りがよそ見をするなど海軍や民間商船なら厳罰ものの行為だが、ならず者ばかりが乗り込む海賊船では、そもそもそうした厳正な規律を求めること自体に無理がある。退却の指示に素直に従うドラケの海賊団員のほうがむしろ珍しいのだ。ガルッもオディールの信号舞を見逃したが、それも随分マシなほうだった。

「くそっ、なんてこった⁉」

ドラケは頭を抱えた。

「どうしますか船長？」

「仕方ない。航海士！　船をモナム号に寄せろ！」

ドラケの命令は、航海士によって具体的な指示に翻訳されて甲板員に伝えられていく。操舵室で操舵長が舵柄を引き、掌帆長《しょうはんちょう》の指示で帆の向きが変えられ、またしても船は針路を変えた。

「船長、一体何しようってんです？」

クォーターマスターのパンペロが問いかけてくる。

「ダーレルの野郎が信号を見てないってんなら、直接言ってやらなきゃならんだろ⁉お前達、俺が戻るまで待ってろよ」

「まさか、モナム号に乗り込むんですかい？　他所《よそ》の船に勝手に乗り込むなんてことしたら、ダーレルのお頭にぶっ殺されちまいやすぜ！」

「馬鹿言うな、いくら奴でもいきなりそんなことはしねえよ」

自分のことは船長と呼ばなければ怒るくせに、他の海賊団の頭目ならば気にしないドラケは自信ありげに言った。

「しないよな?」

いや、彼自身もそれほど自信はなかったらしい。しかし同意を求められてもパンペロには答えようもなかった。


ドラケの目指すモナム号は、ダーレル・ゴ・トーハンが船長をしている船だ。

ドワーフ種のダーレルはもともと船大工だった。

気性が荒く度胸もあり、しかし悪知恵も回ったため、何かと海賊に頼られることも多かった。そのため船匠長《せんしょうちょう》として船に乗り込むようになり、いつしか船長になった。そして今では大小十数隻の船を従える海賊集団の頭目として、アヴィオン海賊七頭目の一角と目されるまでに成り上がったのである。

ダーレルは今回の襲撃でもその悪知恵を遺憾《いかん》なく発揮していた。

海軍のような手間がかかりながらも利益の少ない相手はドラケに押しつけ、自分達は商船団から零れるように逃げていく小型の商船をもっぱら襲っていた。

それは積み荷満載の大型船の優先権をドラケに奪われた腹いせと、出遅れた分を質よりも量で取り戻そうと思ってのことでもある。

今もまた、商船団から離れて逃れようとする小型商船の後方から追い縋《すが》り、左舷側に回ってその行足を止めるべく大砲を放とうとしていた。

オディール号は、そんなモナム号の左側へと接近した。しかし戦闘機動中の帆船に舷を寄せるのは簡単なことではなく達人的な操船技術が必要となる。

ドラケが振り返って航海士のスプーニに問いかけた。

「もうちょっとモナム号に寄せられないか？」

「無理だって船長！　これ以上寄せたら衝突しちまう！」

二隻の船は波と風に翻弄《ほんろう》されながら進んでいる。

概《おお》ね真っ直ぐに進んでいるが、波立つ海は陸に例えるなら山と谷だ。駆け上る時は大きく傾き、下り斜面に差し掛かれば滑って波が作る谷間に落ちる。これを繰り返す訳だから、当然横揺れも大きくなるので、不用意に距離を詰めれば舷側同士が激突し、下手をすると船が損壊してしまうことも起こり得るのである。

「お前なら出来るはずだ、スプーニ！」

ドラケは無理を言いながら帆桁《ほげた》の端から甲板に降りてきている動索《どうさく》の一本に手をかける。そして船縁《ふなべり》に足をかけて二隻が最も近付くタイミングをじっと待った。その瞬間を見計らい、動索にぶら下がって振り子の要領で渡ろうというのだ。

しかしその時だった。

「きゃああっ！」

目前のモナム号の舷側に開いた窓から、突如として少女が海へと落ちていった。

「あっ、お、おいっ！」

落下する瞬間のジタバタとした振る舞いから察するに、自分の意思で飛び込んだのではなく、外的な力で放り捨てられたという感じであった。

海に落ちた少女は一旦沈むが、すぐに水面上に顔を出す。そして波間で手足をばたつかせていた。おそらく泳げないのだろう。

「おい！」

オディール号の見張りや乗組員達がモナム号の乗組員に伝えようと大声を上げる。しかし大砲の発射音、海賊達の歓声にかき消されてまったく届いていない。

「馬鹿野郎、何やってやがる！　乗組員が落ちたんだぞ！」

そうしている間にも少女は波間に呑み込まれてしまった。

実は海を生活の場としている船乗りでも、泳げる人間は案外と少ない。昨日今日船に乗ったような子供なら尚更だった。

「くそっ」

ドラケは忌々《いまいま》しそうに舌打ちする。そして思い切って海へと飛び込んだのである。

＊　＊

特地の海で用いられる船は、銀座側世界で言うところの『ガレアス型』が多い。

この型は帆と櫂《かい》という二つの推進機関を持っている。そのため波が比較的静かだが風向きの変わりやすいアヴィオン海での運航に適しているのだ。

しかし最近、海賊の間では少しばかり事情が変わってきていた。

大砲という新兵器が出回るようになったからだ。

問題はこの大砲が鉄の塊だということ。非常に重いため露天甲板にずらっと並べると船の重心位置が高くなり、船が動揺してからの復元性が激しく低下する。簡単に言うと、船が操りにくくなってしまうのだ。

そうなると船足《ふなあし》が遅くなり、獲物の商船に追いつき難《にく》くなる。海賊という本業に差し障りが生じるのだ。

そこで船大工でもあったダーレル船長は思い切って櫂漕室《かいそう》と漕役奴隷を廃止した。

大砲によって衝角《しょうかく》を用いた戦いの必要性が低下したこともある。無風時は乗組員達を露天甲板に並べて船を漕がせることにして、第二甲板の主を大砲にしたのだ。

これによって船の重心は低くなった。

そしてその結果は良好だった。

彼の工夫は、アヴィオン海諸国の海軍を相手にしても、ほとんど負けることがないという成果をもたらし、今では他の海賊達の多くがそれを真似て大砲を下部甲板へと並べるようになったのである。


海賊船モナム号の薄暗い第二甲板では、ずらりと並んだ右舷側の大砲の隙間で、海賊達が砂鼠《すなねずみ》のごとく忙しなく働いていた。

「おら、次だ。早く次を撃て！」

船長のダーレル・ゴ・トーハンが、乗組員達を厳しい声で叱咤《しった》する。

この男、ぬめっとした禿《は》げ頭と髭面《ひげづら》、ドワーフ独特の酒樽のように腹の突き出た体躯という容姿である。

その見てくれとすぐに手が出る暴力的な性格もあって、配下の海賊達は彼のことを非常に恐れていた。そのため追い立てられるように働くのだ。

「ほら、急げ、急げ、急げ！　遅れる奴は大砲の中にその頭をぶち込んでやるぞ！」

掌砲長の合図で、掃除係が大砲の砲口から長いブラシを差し込んで数回前後させる。続いて火薬役のパウダーモンキー――この世界でパウビーノと呼ばれる少年少女達が、それぞれ担当する砲の尾栓《びせん》に手を翳《かざ》し、爆轟魔法を充填していった。

パウビーノとは、広い意味では魔導師だ。

しかしながらここにいる彼らは、実質は魔導師にはなれなかった者とも言えた。様々な魔法を自在に操るような才能がなく、初歩的な魔法をどうにか使える程度でしかない。そのため師匠から魔導師の道は諦めなさいと見切られたのである。

彼らは自分にも魔導が使えると知った時、いずれは大賢者か、大魔導師か……それが無理でも、とにかく平凡とは違う生活が待っていると野心の炎を胸中に灯《とも》した。

自分はそのあたりの一般人とは違う。将来は安泰だ、という優越感に染まったのだ。

それなのに、お前にその能力はないと宣告されてしまった。そうした挫折体験は、幼き彼らの夢や希望、自尊心といったものを粉微塵《こなみじん》に打ち砕いた。

そんな彼らにとある組織が近付いた。その者達は、中途半端な才能を抱えて腐ってしまった子供達を集めるとこう囁《ささや》いたのだ。

「お前達の力で、何もかもぶち壊してやればいい。そもそも世の中のほうが間違ってるんだからな。お前達の価値を認めない世の中や世界に何の意味がある？　お前は特別な存在だ。他人から尊敬され、敬われる資格がある。なのにどうしてお前達は報われない？　いい思いが出来ない？　それはどこかの狡《ずる》い奴らがお前達のいるべき場所を、得るべき取り分を掠《かす》め取っているからだ。周りを見ろ！　凡百《ぼんびゃく》の馬鹿者どもが、家畜のように扱われている。にもかかわらず、奴らはその狡い奴らを崇めている。搾取されるだけの人生をよしとしてるんだ。だがお前達は違うだろ？　自尊心ある者だ。お前達は世の仕組みに気が付いている。真に倒すべきものが見えている。だからその全てを、間違った全てをぶち壊せ！　大砲と、お前達の力で思い知らせてやるんだ！　犠牲？　気に留めるな、小狡《こずる》い奴らに従っているような奴らは向こう側、つまり敵だ！　これは全てをひっくり返すための戦い、戦争なんだ。戦争に犠牲は付き物だろう？」

彼らの言葉は鬱屈《うっくつ》した少年や少女達の心を巧みに捉えた。

少年や少女達は行き場のなかった暗い情熱を特訓に注ぎ込み、己の役目を爆轟魔法に特化させたのである。

全ては自分達を認めなかった世の中を破壊するため。新兵器である大砲はまさにそれに相応《ふさわ》しい武器だ。彼らは海賊とともに既存の価値観、制度、人間……あらゆる全てを圧倒し、打倒し、破壊し尽くすため、額に汗しつつ渾身の力を振り絞っていた。

少年が息せき切りながらも叫んだ。

「お、終わりました！」

「よっしゃ！」

すると待っていたかのように、海賊の一人が砲口《ほうこう》から人の頭サイズの鉄の塊を押し入れた。

「撃ち方よーい！」

装填《そうてん》が済むと、全員で砲架《ほうか》を押し、砲口を砲門《ほうもん》——舷側に開いた小窓——から押し出す。

「用意よしっ！」

既にモナム号の右舷側には、敵商船が横腹を曝している。それに向けて掌砲長が狙いを定めた。

「撃て！」

ダーレルの合図で、尾栓《びせん》の火口に火縄が押しつけられる。

大音声とともに大砲が一斉に火を放った。

発射の勢いを受け止めた砲身が、砲架とともに船内で後退し、もうもうと大量の噴煙が辺りを満たした。

本来、爆轟魔法では噴煙は生じないものだ。しかし焼素《しょうそ》と燃素《ねんそ》の混合割合が適正でないとこのような噴煙や煤《すす》が生じる。完璧な割合を短時間で構成できるのは、真に実力のある魔導師くらいなのだ。

しかしそんなことは些末《さまつ》なこと。要は砲弾を撃ち出せればよいのだから。

砲弾は真っ直ぐ飛翔し、商船の舷側に直撃。飛び散った木片が、周囲にいた乗組員に横殴りの吹雪のごとく降り注いだ。

「命中！」

「やったぞ！」

商船の乗組員達が次々と斃《たお》れていくのが砲門から覗けた。

敵を倒した。自分の力が敵の船を打ちのめした。

破壊衝動が達成された爽快感に、パウビーノは酔った。

自分の力がこれだけのことを成したのだという威力に酔いしれた。

そして、他の海賊達と一緒になって歓声を上げたのである。

「お頭、火矢が飛んできましたぜ！」

商船の側も一方的に殴られてばかりではいない。

反撃のために豪雨のごとく放たれた火矢が、モナム号の右舷に次々と突き立つ。甲板にも突き刺さる。帆にまで突き刺さって、火をあちこちに燃え移らせていった。

だが海賊達は、そんなものには痛痒《つうよう》を感じなかった。燃え移った炎がそれ以上広がらないように、手慣れた様子で水をかけ、砂をかけて回る。

「次だ。次の用意だ！」

消火作業が滞りなく進んでいることを確認したダーレル船長は、砲手達を急き立てるように次弾の装填作業を命じた。

砲の掃除が終わると、パウビーノは呼吸を整える間もなく次の魔法のために全身の魔力をかき集める。そして尾栓に手を翳し、薬室内に爆轟魔法を構成していった。

「よし、次いいか？」

「あうっ……」

だがその時、一人の少女が崩れるように膝をついた。

少女の全身から滴《したた》る汗が、甲板に水溜まりを作っている。少女はそのまま水溜まりの中に倒れ伏してしまった。

大量の発汗、呼吸困難、全身の痙攣《けいれん》――それらはいずれも魔力を消耗し過ぎた時に起こる症状だ。

「何してやがる！　誰が寝っ転がっていいって言った⁉」

掌砲長が怒鳴った。

少女は爪先で小突かれると、立ち上がろうと力を入れる。だが、疲れ果てているせいか、小さなその身体すら起こすことが出来なかった。

「も、もう無理……です。少し休ませてください」

すると後ろで見ていたダーレルが手を伸ばし、少女の髪を鷲掴みにして持ち上げた。

「はぁ、ふざけたこと言ってるんじゃねぇ！　無理ってのはな、嘘吐きの言葉なんだよ！　その言葉を理由に途中で止めちまうから物事ってぇのは無理になる！　たとえ出来なくても続けろ、続けていれば、いずれ無理じゃなくなるんだ！」

「そ、そんな……理不尽な……」

「だいたいこれしか能がないお前が今頑張らなくていつ頑張るってんだ？　弱音吐いている暇があったら、気合い入れやがれ！」

「ダ、ダメです。無……理です！」

「まだ無理って言うか？　本当に無理か？」

「は、は……い」

「なら、役立たずのお前は不要だ！」

ダーレルは興味を失ったかのような表情を浮かべ、少女の身体を持ち上げると海に投げ捨てた。

「な……」

少女は我が身に起きたことを理解できないまま、左舷側に開いた砲門から外へと投げ出される。

「ひ、酷《ひど》……い」

それを見ていた他の海賊、そしてパウビーノ達は驚きと恐怖で息を呑む。

ダーレルはそんな少年の一人に右手を伸ばして捕まえると命じた。

「これからはこっちの砲もお前が担当だ、いいな⁉」

「え、ええっ⁉」

これまで担当していた砲の面倒すら大変だというのに、今からそれが倍になる。その絶望感に声を上げた。

しかしダーレルは皆を振り返って告げた。

「お前達も、よく聞け！　この船には役立たずを乗せてる余裕はねえ！　海に放り出されたくなければ死ぬ気でやるんだ。いいな！」

パウビーノ達は絶望感に天を仰ぎたくなった。

話が違う。自分達パウビーノは大砲操作になくてはならない存在として、もっと敬われるはずだったのだ。

しかし逆らえば海に放り出される実例を目の当たりにしたばかりである。

皆がダーレル船長の視野に自分の姿が入りませんようにという思いで、自らの命を削るような爆轟魔法に神経を集中させたのである。

モナム号の第二甲板に、オディール号船長のドラケがやってきたのはそれから大砲を三回ほど斉射した後だった。

「おい、ダーレル!? どこにいる? 出てこい!」

ドラケ船長は衣服や髪がびしょ濡れであった。そして小脇には、先ほど海に放り投げられたパウビーノの少女を荷物のごとく抱えていた。

「なんだ、ドラケじゃねえか? 貴様、一体何しに俺の船にやってきた!」

ダーレルは砲撃の指揮を副長に任せると、太い腹を巡らせてダーレルと相対した。

「何しに、じゃねぇ! お前、いくらなんでもこりゃあねえだろ!?」

ドラケは海から拾い上げた少女の襟首を掴んでダーレルの前に突きつける。少女はまるで猫の子のようにだらっと吊り下げられた。

「なんだお前？　まさかそんな役立たずを届けるために来たのか？」

「お前、こんなことしてギルドの奴らになんて申し開きする⁉　大砲もガキどもも全部、借りものなんだぞ！」

「んなの知るかよ！　お前と違って、俺はギルドの奴らにどう思われようと構いはしねえんだ！　だいたい武器ってのは消耗品だろ？　ギルドの連中だって、損失分の金をきっちり納めてれば文句は言わねえよ！」

要するに金銭で始末をつけると言っている訳だ。ドラケにはそれが気に入らなかった。

「ちっ、たくっどうしてお前って奴はそんなんなんだ⁉」

「お前こそ！　わざわざそれを言って俺を苛《いら》つかせるためにこの船に来たのか？」

「いや、違う。アレを報せるためだ」

ドラケは再び少女を小脇に挟み込むと、舷側に近付いて窓から見える空を指差す。

「アレが見えるか？」

「何があるって言うんだ？」

舷側に歩み寄ったダーレルが見上げると、白い胴体に赤い丸の入った見慣れない何かが、少し離れた蒼い空をゆっくりと飛んでいた。

もしこの時、周囲が静かであればＰ３Ｃのエンジン音も聞こえただろう。しかしこのモナム号は大砲をひっきりなしに轟かせていて、その程度の音はすべて打ち消されてしまう。

「なんだありゃ？」

「ニホンのヒコウキって奴だ」

あれが何を意味するか分かるな？　とドラケは念を押す。

「さあ、分からんな？」

しかしダーレルは首を傾げるだけであった。

「要するに、今すぐここからずらからないと不味《まず》いことになるんだよ！」

「どうしてだ？」

「あの死告天使が姿を見せたら、次にやってくるのは多分『飛船《とびふね》』だからだ！　飛船の噂は、お前も聞いているだろ？」

飛船というのはもちろん比喩表現で『飛んでいると見間違うほどに足の速い船』という意味である。海賊達の間でニホンの船はそのように噂されていた。

曰《いわ》く、目にも止まらぬ速さで進む。

曰く、とてつもない威力の大砲を持っている。

だが、実際にそれを見たことがある者は海賊にはいない。その姿を直接見た者のほとんどは捕らえられ、ティナエに連行されてしまったからだ。

　では何故そんな噂が流れるのかと言えば、ナスタに潜入した海賊側の諜報員が、逮捕された海賊に接触して情報を得たからである。

　しかし、それがゆえにダーレルは耳を貸さなかった。

「んなもん、ただの噂だ噂。捕まった弱虫どもが、言い訳に尾ひれを付けただけだろ？　確かにニホンとやらの国の船は来てるが、飛船なんていうほどのもんじゃない」

「けど、お前もよく知る頭目連中だってとっ捕まってるんだぞ！」

　例えば、アヴィオン海に住む人々を恐れさせた海賊七頭目の内、ベナン・ガ・グルールとアガラー・ル・ナッハは既にティナエに捕らえられている。

「奴らが間抜けだっただけさ」

　それでもダーレルは鼻を鳴らした。

「海賊七頭目に数えられていた連中が、揃いも揃って間抜けだったと？」

　ドラケが真剣な眼差しでダーレルを見据えると、さすがにダーレルも自分が言い過ぎたことを認めた。

「分かったよ……謝る。だが、どうしてあのヒコウキとやらがいたら飛船が来るってお前は思ったんだ？」

「あいつらが何もしないでああやって飛んでいるだけだからだ。もし奴らが無関心なら何故わざわざここに留まっている？　奴らがもし何かするつもりなら、何故直接何もしてこない？」

空からならば、岩を落とす、火矢を射かけるなど嫌がらせ以上の攻撃が出来る。それに対してこちらからは何も反撃できないのだ。

それなのに何もしてこないのは——より強力な攻撃方法を持つ者が別にいて、それが来るのを待っているからだと推測できる。

「なるほどな……」

ダーレルもようやく納得したようだ。

「理解できたか？　理解できたなら急いでずらかるぞ。いいな!?」

だが、ダーレルは鼻で笑った。

「あのなドラケ、お前知ってるか？　もし今、あのヒコウキとやらがここで起きていることを飛船に報せたとしても、奴らの仲間がここまで来るには、最短でも二日はかかる」

「二日だと？　どうしてそう言える？」

「ああ、ニホンの奴らの船は、一昨日《おとつい》ナスタに入港している。どうだ？　驚いたか？

諜報員をナスタに潜り込ませているのはお前だけじゃねえんだよ。そして奴らが港を出たという報せは来てない。ナスタからここまではおよそ百二十リーグ（約百九十八キロメートル）。どんなに速い船だってこの海域までは二日はかかる。そうだろ？」

「だから奴らの船足は……」

「ドラケ、そういう講釈は俺にしないほうがいい。俺は元船大工なんだぞ。その手のことには誰よりも詳しい。これまでも『飛んでると見間違うほど速い』と言われた船は一杯あった。だがな、そんなものは大抵が比喩だ。そりゃそうだ、どんな船にだって限界があるんだからな。漕いで進む船なら全速で進める時間に限りがあるし、風を受けて進む船なら風よりは速くは走れないってことだ」

「そ、それは、そうだが……」

「今アヴィオン海に流れている風は、平均で五ノッチ（一ノッチ＝一時間に一リーグ進む速度）がいいとこだろ？　俺んとこの船守りがそう言ってる」

「あ、ああ」

「つまり、風ですら一日で進める距離は百二十リーグってことだ。一日ありゃ俺達がパンタグリュエル商船団を全部平らげて、その上で遠くに逃げるのも難しくない。この理屈は、お前にだって分かるよな？」

ドラケは舌打ちすると頭を振った。

「どうしてこうなんだか……」

このダーレルというドワーフは船を熟知している。海をよく知り、敵を知る努力もある程度は行っている。しかしだからこそ、その知識の枠を超えた存在には想像が至らないのだ。

それに対してドラケはこれまで自分の勘働きに従ってきた。勘の囁きに従ったから、生き残れてきたという自負もある。そしてその勘が「ヤバイヤバイ、めちゃくちゃヤバイ」と大警報を鳴らしているのだ。

「だからよお、ダーレル……」

ドラケは最後の説得を試みた。

「うるせえ、今は稼ぎ時なんだ！　この商船団を見逃したら、今後いつこれだけのお宝に巡り合えるか分かったもんじゃねえ。なのに、それを捨ててスタコラ逃げようっていうお前の了見のほうが俺には分かんねえんだよ！　それでも逃げるっていうのならまあいい、止めねえからお前達だけでどこにでも行きな。そうしたら割り前が増えて俺としてもありがてえくらいだからよ！」

ダーレルはそう言ってガハハと嘲笑する。そして、可哀そうな人間でも見るかのような目をドラケに向けた。

ドラケは再度嘆息すると周囲の海を見渡した。

「ダメかな、こりゃ」

こうしている今も、ダーレル配下の海賊船は商船を襲い続けている。また一隻、行足の止まった商船に接舷して、海賊達が剣を手に乗り移っていく。

ダーレルはそんな戦いを指差した。

「おい、ドラケ。あの船が見えるか？　あの船には、お宝と女が一杯詰まってる。配下の奴らはそれを楽しみにしてるんだ。それをみすみす見過ごせってか？　せっかくの乱暴狼藉を楽しみにしてる奴らにどんな言葉で諦めろって言える？」

ダーレルの配下は戦いの興奮と勝利の予感に血を沸き立たせている。このまま全てを食い尽くすまで、獣欲に任せた一方的な振る舞いが出来ると思い込んでいるのだ。

ドラケは仕方なく自分だけ逃げる決心をした。

「分かったよ。俺はもう何も言わない。お前の好きにすればいい」

そして左腕を上げながらダーレルに背を向ける。

第二甲板で懸命に働いているパウビーノ達の行く末を思いつつ、ドラケはモナム号を後にしたのである。

「どうなりました？」

ドラケがオディール号に戻ってきた。

マストの斜桁《しゃこう》から垂れている動索にぶら下がり渡ってきた船長を、クォーターマスターのパンペロと信号手のガルツが迎えた。

「ダーレルの奴は、俺の言うことに従う気はないそうだ。このまま獲物を追うとよ。今を逃したら、お宝を積んだ船にいつ出会えるか分からないからな」

「そりゃそうですよ！　私だって同じ考えだし！」

「ふん、それは馬鹿の考えだな」

ドラケに鼻で笑われ、パンペロは抗議の悲鳴を上げた。

「船長!!」

「まあいい、これで奴に対する義理は果たした。俺達だけでずらかるぞ！　航海士、スプーニ航海士！　東微北に針路をとれ！」

航海士のスプーニは軽快な返事をすると作業に取りかかった。

「ところで船長、そいつは何なんです？」

ガルツはドラケの右脇を指差す。ドラケは海から拾い上げたパウビーノの少女を、ずっと小脇に抱えたままだったのだ。

「あっ、ヤベぇ。せっかく届けたのに持って帰ってきちまった……ま、あのままじゃろくな目に遭わなかったろうし、別にいいか。嬢ちゃん、名前は？」

少女はぼそっと答えた。

「トロワ・リ・ヴィエール……」

「トロワか、分かった。お前は今日からこのオディール号のパウビーノだ。いいな？」

少女が小さく頷くと、ドラケは少女をガルツに押しつけた。

「この娘を頼む……掌帆長！　帆を張り替えろ！」

針路が安定すると、海賊船であることを示す黒い帆を下ろし、代わりに白い帆が掲げられていく。その作業を見ながらパンペロは囁いた。

「船長、みんな何も言いませんが、腹の中では不満に思ってます。せっかくお宝を目の前にしてるのにどうしてって。場合によっては反乱を企てる奴が出てくるかもしれません」

船長というのは船では絶対の権威者だが、かといって盤石の権力を握っている訳ではない。

ドラケの配下にも様々な派閥がありそれぞれの領袖《りょうしゅう》が二番手、三番手となっている。

そうした連中は今の地位で満足なんてしていない。いずれはドラケを追い落として自分こそが船長に、自分こそが頭目になるという意志を固めてドラケの背中を虎視眈々《こしたんたん》と見ているのだ。

もしドラケが隙を見せたら、その連中が不満を抱いた海賊達に「ドラケを追い出せ」と焚き付けるかもしれない。

「分かってる。だけど、命あっての物種だ。そうだろ？」

しかしドラケはパンペロの警告も受け容れず、そのまま船尾楼甲板へと向かった。

「船長！」

ドラケの後ろを、信号手のガルツがトロワを麦の袋のように肩に担いで続く。

海賊七頭目の一人としてアヴィオン海にその名を轟かせるドラケ・ド・モヒートの海賊船団四隻は、未だ戦いが続く中、そうして海域を後にしたのである。

＊　＊

〇《まる》五三七《ごさんなな》時――
『碧海《へきかい》の美しき宝珠《ほうじゅ》ティナエ』派遣海賊対処行動司令部

『司令部、ユラヒメ〇二《まるふた》。哨戒エリア〇四六六《まるよんろくろく》にて海賊に襲われている商船団を発見した……』

Ｐ３Ｃ哨戒機『ユラヒメ〇二』より伝えられた情報は、ティナエ共和国海軍基地の一角を借り受けて設けられた日本国派遣海賊対処行動司令部に伝えられた。

「司令！」

「今回は海賊船がやたらと多いな」

特地における海賊対処行動に関する一切の責任を負う海賊対処司令は、差し出されたメモを受け取ると呻《うめ》いた。

「商船団が大規模な分、海賊も船数を増やしたのでしょう。可及的速《かきゅうてきすみ》やかな対処が必要です」

「うむ……特地派遣ミサイル艇隊は緊急出港せよ！」

司令は遅疑《ちぎ》なく決断を下した。派遣海賊対処行動水上部隊全てに出動命令を発したのである。

〇五四五《まるごよんご》時——

特地時間の午前五時四十五分。その時刻は黒須智幸《くろすともゆき》にとっては、あと十五分で自然に目覚めるという頃合いであった。

黒須には特技がある。それは「この時間に起きる」と決めて寝台に入ると、その時間に目覚めることが出来るというものであった。

そのことを同僚に話す度に、それは自衛官としてはかなり羨ましい特技ではないか？と言われたものである。しかし物事にはよい側面があれば悪い側面もある。それは予定した時刻以前に起こされてしまうと、体調に悪い影響が出るということであった。

枕元に置いた無線機から流れるけたたましい電子音により、黒須の夢は強引に破られる。

睡眠には脳細胞に蓄積された老廃物を除去するという作用がある。その作業を強制的に中断させられたためか、彼は頭重感《ずじゅう》と軽い頭痛を覚えた。自律神経の機能が失調しているのかもしれない。これに電子音のけたたましさが合わさり、アルコールなど摂取してないのにまるで二日酔いの朝のような苦痛が彼を攻め立てていた。

「うう……」

それでも騒音の発生源である受話器型インカムに手を伸ばす。感触を頼りに床頭台《しょうとう》を弄《まさぐ》ってそれを耳に当てた。

「どうした？」

聞き慣れた部下――北原《きたはら》二等海尉の声だ。

『おはようございます艇長《ていちょう》、緊急出航です』

緊急出航。それだけ聞けば黒須にとっては十分で、少なくとも現時点での理由説明は不要だった。

「了解した。すぐに行く」

だが黒須は、小さな違和感に引っかかった。

「『はやぶさ』はどうした？」

いつ命じられるか分からない緊急出航に応じるため、海賊対処行動水上部隊では応急出動艦が指定され、いつでも出航できるよう準備を済ませている。少なくとも現時刻では僚艦の『はやぶさ』が担当だったはずなのだ。

「『はやぶさ』にも緊急出航がかかっています」

つまりこのアヴィオン海に派遣された艇の二隻ともに出航が命じられた訳である。それだけでも重大な事態が進行中だと推測できた。

「了解した。直《ただ》ちに向かう」

黒須はベッドから無理矢理身体を起こすと、深々と溜息を吐いたのだった。

素早く身支度を整えた黒須は、姿見の前で自分の姿を確認した。

海上自衛隊三等海佐の制服は汚れていないか？　靴は磨かれているか？　徽章《きしょう》、防衛記念章は傾いてないか？

それらの全てが遺漏《いろう》なく装着されていることを確認してから部屋を出た。

『人間はその制服通りの人間になる』というのが、ナポレオン・ボナパルトの箴言《しんげん》だ。それは陸でも海でも空でも、いや軍だけでなく、どんな場所においても適用される真理だと黒須は考えていた。

木製の戸を静かに閉じる。そして階段を下りていくと、そこに下宿の主が立っていた。

厳密に言うなら『主』ではなく、主の孫を名乗る少女だ。

短い黒髪、端整な顔立ちをした美しい少女が微笑んでいた。

名前はファティマ。この娘を筆頭に、アティア、パティ、イニー、ミニー——おそらくは血の繋がっていない姉妹五人がこの下宿を切り盛りしている。

ファティマの歳は十二〜十四くらいだろうか？　彼女は下宿民の朝食の支度を台所でしていたようだ。それで、階段を下る黒須の気配に気付いたのだ。

「もうお出かけですか？」

黒髪童女のファティマは黒須に尋ねる。

「少しお待ちくださるなら、朝食の支度が出来ますが？」

「せっかく用意してくれたのに申し訳ない。今はそれだけの時間がなくてね」

「愚問でしたね？　かしこまりました。お気を付けていってらっしゃいませ。早くのお戻りを。晩のお食事こそ、召し上がってくださいましね……」

「ああ、そのつもりだ」

「でも、クロス様はそうおっしゃりながら帰りがとても遅かったり、不意に戻られたりします」

小さく唇を尖らせて拗《す》ねる少女の表情に可愛らしさを感じた黒須は、苦笑しつつも頭を軽く下げた。

「ごめんよ……けど、そういう種類の仕事なので理解して欲しい」

「ええ理解しています。けど、理解は寛恕《かんじょ》とは一致しませんわ。不満に感じてない訳ではないのですよ」

「分かっているよ。では行ってくる」

黒須は童女の見送りを受けながら異世界に借りた下宿を出た。

数歩歩いて振り返ると、下宿から鸚鵡鳩《おうむばと》が大空高く飛んでいくのが見えた。

それが、近年になって大陸各地で伝書鳩のように使われ始めた極彩色の鳥であることを黒須は知っている。ファティマがどこかの誰かに何かを伝えようとしているのだ。

「あの娘が、海賊の諜報員とはねえ……」

ティナエの防諜機関『黒い手』からの通報によると、下宿の少女達は海賊がこのナスタに潜入させた諜報員であり、日々黒須達の動向を海賊に知らせているという。

黒須はそのことを知ると、当然ながら下宿を別に移すことを考えた。自分の動向が筒抜けになっていては任務を十全に果たすことが出来なくなるからだ。しかし上長や各方面との調整の結果、現状のままこの下宿を利用し続けることになった。ティナエの防諜機関『黒い手』からの要望が強く働いたのだ。

どこから情報が漏れているかさえ弁《わきま》えていれば、それを逆手にとって漏れ出る情報内容をコントロールできる。彼女達が誰にどのように情報を伝えるかを手繰《たぐ》れば、敵の全貌や諜報活動の根源を掴むことにも繋がるのだ。

『黒い手』の抜け目ない活動を見ていると、もしかすると日本の防諜機関よりも優秀なのではと思えてくる。諜報活動の神髄《しんずい》とはテクノロジーではなくセンスだという証左なのかもしれない。

ティナエ共和国の首都ナスタ。その周辺には大小様々な小島が存在する。

派遣海賊対処行動水上部隊は、ティナエ政府と地位協定を結んだ上で、その島の一つサリンジャー島を借り受けて基地を置いた。

サリンジャー島は、ティナエ政庁のある首都から程よい距離にあり、また喫水の深い大型船を着ける港や埠頭《ふとう》を建設できるだけの水深にも恵まれていた。

更に、ほぼ円形をした島の直径は約二千二百メートル。Ｐ３Ｃを飛ばすのに必要な距離を満たしているため滑走路も設置できる。まさに理想的な基地用地だったのだ。

問題は地権者との交渉だったが、それも簡単に済んだ。

元よりその島はティナエの統領《ドージェ》ハーベイ・ルナ・ウォールバンガーの私的な持ちものであったし、住んでいたのはその娘プリメーラ・ルナ・アヴィオンだけであった。だから立ち退きも手早く行われ、簡易ながら基地の建設も速やかに進んだのである。

基地の岸壁に辿り着いた黒須の前には、一隻のはやぶさ型ミサイル艇が繋留されていた。それこそが黒須の指揮する『うみたか』である。

舷梯《げんてい》を渡ると当直士官の北原二等海尉が待ち構えていた。

「艇長、おはようございます！」

既に乗組員達は揃っていて、出航準備も整いつつあると報告された。

「うむ」

敬礼に答えながら頷く。黒須はそのまま艦橋《かんきょう》へと上がっていった。

「おはようございます」

艦橋にいたクルー達が挨拶を投げかけてくる。黒須は返事をしながら青と赤のツートーンのカバーが被せられた右側の艇長席に着き状況の説明を求めた。

「ティナエより西微南、約一一五リーグに位置する海域で民間商船団が海賊に襲われています」

「ふむ、一一五リーグか……」

リーグとは特地で海陸問わずに用いられている距離の単位で、特地世界における緯度の一分《いっぷん》の距離（約一・六五キロメートル）を意味している。

銀座側世界では緯度一分《いっぷん》の距離（約一・八五キロメートル）は一海マイル（一海里）とされているが、その単位系を特地で使用すると混乱が生じてしまうので、あえてリーグという単位で区別しているのだ。

「報告が入った時点で民間商船の数は二〇《ふたじゅう》、海賊船は一三隻。現地海軍の艦艇が防戦しておりますが、戦力差から全滅は必至、時間の問題と思われています。司令からの命令は『全速で現地に向かい民間船舶を保護救出せよ』です。間もなく隊司令と、海保の方々が到着いたします」

「そうか、了解」

「次は気象、海況です……」

当直士官の北原からの天候と海況の説明が終わった頃、隊司令の濱湊伸朗《はまみなとのぶろう》二等海佐が隊付き幹部ともども艦橋へ上がってきた。

「海保の方が到着されました」

続いて海上保安庁の第一次アヴィオン周辺海域派遣捜査隊隊長高橋健二《たかはしけんじ》一等海上保安正（海自の三等海佐に相当）が、部下十名を引き連れて舷梯を渡って乗艦してくる。

黒ずくめの戦闘服と八九式小銃で完全武装した彼らは、海上保安庁が誇る特殊警備隊員達だ。

彼らが乗り込んでくる理由は、海賊対処行動があくまでも警察活動だからである。

海賊の取り締まりにおいて海上自衛隊は足場となる艦艇を提供する立場であり、取り締まりの主役はあくまでも彼ら海の警察官達なのだ。

彼らが食堂の座席に着いたという報告を受けると北原は左右に告げた。

「これより出航いたします。海保の方よろしいですね？」

高橋隊長が頷く。

「はい、お願いいたします」

「司令……」

「うむ」

「艇長」

「よろしい」

するとエンジンが唸《うな》り、艇が少しずつ動き始めた。

『うみたか』は三基のウォータージェットポンプを推進器としている。そのため一般の護衛艦と違って離岸に曳船《えいせん》の支援を必要としない。

ジェットの噴出方向を巧みに変えながら艦首を一旦岸壁に押し当て、そこを軸として艦尾を岸壁から離していく。そして角度が出来ると後進で離岸するのである。

「出航よーい」

ラッパの合図とともに舫《もや》いが外され、『うみたか』はゆっくりと岸から離れていった。

緊急出航であるため、ここから全速力で……と先を急ぎたいところだ。しかしサリンジャー島の周囲を含めたナスタ湾には大小様々の船がいた。それらは海上交通を担う小型の舟艇、艀船、漁労に勤しむ漁船などだ。

『うみたか』はまず、周囲を航行するそれらに接触しないよう気を配りつつ進まなければならなかった。

「右舷側の漁船の動きに気を配れ」

黒須が当直士官に注意を促す。

この世界の漁船の多くは帆船だ。そのため風上に向かう際はジグザグに針路を変える。問題は針路変更のタイミングが船それぞれに違うこと。更には周囲の船に対してまったくお構いなしに自分勝手な動きを見せることだ。

そのため他船を見張る際は、ただ船を見るに留まらず、甲板にいる乗組員達の動きを見て針路の変更を予測するということまで強いられる。それ故に北原や黒須は、一度ならず冷や汗を掻くことになった。

だが、バスケス島を左手に見ながらアウフ水道を抜けてナスタ湾から出ると事情は変わった。

外洋に出てしまえば海が広くなる分、航行する船数が圧倒的に少なくなり煩《わずら》わされることもなくなる。

「第三戦速！」

北原が増速を命じると『うみたか』はミサイル艇としての本領を発揮し始めた。

「第五戦速！」

ゼネラル・エレクトリックLM500という強力なジェットエンジン（分かる人に分かるように言うなれば、A‐10サンダーボルトⅡのエンジン）を三基搭載する『うみたか』は、軸馬力6130×3の強力なパワーを用いて力尽くで海を進むのだ。

「第六戦速！」

鋭い舳先に海水が引き裂かれ、白い引き波が背後にある紺碧の海に広がっていく。

「第七戦速！」

モーターボートが海を滑るように、波を跳ねるように、『うみたか』は進んだ。

「第十戦速」

ついに最高速に達する。

時速にしておよそ八〇キロメートル。この速度ならば目的海域まで二時間と少々で到着できるという計算であった。

司令部より通信が入ったのは、『うみたか』がサリンジャー島を出航して一時間ほど進んだ時であった。

『司令、艇長、ご報告いたします。先行して出航した『はやぶさ』が、目的地に向かう途中で沈船の残骸にしがみついた民間人を発見しました。海賊の被害者のようです。その揚収《ようしゅう》作業のために、現場到着が遅れるとのことです』

　黒須と濱湊が、不意の緊急出航のせいで取り損ねていた朝食の代わりを艇内の士官室で取っていると、北原二等海尉に代わって当直に上番した隊付き幹部の松本《まつもと》二等海尉が『はやぶさ』の現況を告げる。

「そうか、溺者を見つけてしまったのであれば仕方ない。これで、我々が現場に一番乗りになるって訳だな」

　司令の濱湊は嬉しそうに言った。現場一番乗りがよほど嬉しいらしい。しかし黒須は眉根を寄せた。

「司令、『うみたか』一隻で海賊船十三隻を相手にしろと？」

「出来ないとでも言うのかね？」

　濱湊は黒須に挑戦的な笑みを向けた。

「海賊船を沈めてしまってもよいとおっしゃるのなら、六二口径七六ミリ単装速射砲が威力を発揮してくれるでしょう。ですが、捕まえろとなりますと……」

　黒須は救いを求めるような目で、同じテーブルを囲む海上保安官を振り返る。

　高橋健二一等海上保安正は少しばかり強めの口調で返した。

「武器使用は、犯人の抵抗や民間人の生命保護といった場合にのみ許されることです。

ましてや船体に向けた砲撃など、よっぽどの理由がない限りは……」

しかし濱湊は肩を竦《すく》めた。

「現在進行形で海賊に襲われている民間の商船を救う。これがよっぽどの理由にならなければ何なのでしょうか？」

現実的に見れば、海賊は無辜《むこ》の市民を殺傷している。

海賊に数倍する戦力が手元にあって海賊船を取り囲んでしまうことが出来るなら、犯人を無傷で捕らえることを考えるべきである。しかしミサイル艇一隻では難しい。民間商船と民間人を助けることを第一とするのなら、最小限の武力行使とは海賊の無力化、しかも瞬間的な——つまり圧倒的火力による撃沈でしかないのだ。

とはいえ、高橋としても念を押さない訳にはいかない。

「しかし、あくまでも民間人を守るためであるということを念頭に置いていただきたい。武器使用の判断も私がいたします。よろしいですね？」

「もちろんですとも！」

すると濱湊は大きく頷いたのだった。

「P3Cからの映像が入りました」

更に一時間ほどすると、P3Cからの通信が直接入るようになった。CIC（戦闘指揮所）に据えられたモニターにP3Cが撮影した動画が映し出されたのだ。

広い海に白い帆を広げた商船を、黒い帆の海賊船が追跡している。

カメラがパンされて別の船にレンズが向けられる。そこでは商船に乗り込んだ海賊達と乗組員が激しい白兵戦を繰り広げていた。

更にカメラは、既に拿捕されたらしい船へと視線を向けた。

帆を外された船の数は既に八隻に達している。商船団の数は当初二〇隻と報告されていたからその半数近くが拿捕されてしまった計算になる。

濱湊が画面を指差して言った。

「いかにもな海賊行為だな。けしからん！　しかし捕らえられた人質とかはどこにいる？」

すると高橋が、これまでに逮捕した海賊達から得た情報などを基に説明を始める。

「ええと、この世界の海賊達は捕虜を拿捕した船にまとめておくそうです。なので海賊船に曳航《えいこう》されている帆の外された船のどれかでしょうな」

自分達の船に捕虜を乗せておくと、戦闘に巻き込まれ傷を負い、商品価値が低下したり、反乱を起こされる可能性がある。我慢の出来ないならず者が、捕らえた女性に手を出そうとすることもあるし、奪い合いの喧嘩が起こることもしょっちゅうだ。そのため捕虜を自分達の船に乗せるのは、拿捕できた船がない場合に限られていた。財宝や積み荷の類を自分の船に乗せたいがため、人間を乗せるスペースがないという理由もある。

帆と舵板さえ取り外してしまえば、反乱を起こした捕虜に乗っ取られる危険もないし、それでも騒ぎ出すようなら砲撃するなり、火を放つなりして沈めてしまえば簡単に片が付く。そしてそれが分かっているから捕虜も大人しくしているのである。

「なるほど、それならば心置きなく黒帆の海賊船を沈められるって訳だな」

濱湊の言葉に、高橋は躊躇《ためら》いつつも頷いた。

「え……まあ、そうなりますね」

『間もなく目標海域に入ります。これより海賊対処行動準備を令します。よろしいですね、海上保安庁の方？』

艦橋の松本がインカムを通じて確認を問いかけてきた。黒須の傍らでモニターを睨んでいた高橋は頷いて了解と返答した。

『司令？』

「もちろん了解だ。俺はこの時を待ってたんだからな！」

『艇長？』

「了解だ」

黒須も頷きながら言った。

「準備が令されたら、私はＣＩＣで指揮を執る……」

そこで黒須は高橋を振り返った。

「高橋隊長は、艦橋の艇長席をお使いください」

ミサイル艇『うみたか』は海上を高速で機動する。そのため操舵席をはじめとして、食堂の椅子までもがレーシング仕様のバケットシートで、四点ハーネスが設置されている。立っているのは危険なのである。

「海賊対処用～意」

艦橋の松本が、配置を令した。

すると艇内にいた乗組員達が配置についていく。

司令の濱湊は、艦橋左側の自分の席につくとインカムを通じて言った。

「黒須！　私の渡した音源を頼むぞ。二曲を順番にエンドレスでな！」

「音楽を流すのですか？」

艇長席についた海保の高橋が疑問符を浮かべる。すると濱湊はニヤリと笑って続けた。

「以前、この世界で、盗賊に襲われた街を救いに急行した陸自のヘリ部隊の指揮官は、ワーグナーを鳴らしながら向かったそうです。士気高揚と、敵に対する心理的な威圧効果を狙ったんですな……実に効果的だったとか。我々もせっかくＬＲＡＤ（長距離音響発生装置）を持ってきたんですから、それに倣おうかと思っております」

「は、はあ……」

そうしている間にも艦橋の他の乗組員達がハーネスでしっかりと身体を固定していった。

更に舷側の一二・七ミリ機関銃、艦橋上に追加設置されたＬＲＡＤにも乗組員が取り付いてこれらを構える。

するとＬＲＡＤや艦内のスピーカーから音楽が流れ始めた。そのイントロはある年齢以上の海の男なら誰もが知っているものであった。

高橋の脳裏にもその曲が用いられた映画の日本語タイトルが思い浮かぶ。それどころか夜の大西洋を疾走する潜水艦の姿までもが浮かんだ。

「こ、これは『Ｕボート』⁉」

その曲は、『Ｕボートオリジナルサウンドトラック』に収録された『護送船』、そして『帰還』。海上を突き進む『うみたか』に相応しく疾走感溢れる曲であった。

艦内中に流れる『Uボート』のサントラ曲を聴きながら、黒須は溜息交じりに呟いた。

「LRADはそのために積んだ訳じゃないのに……」

しかしCICの乗組員達はその軽快なリズムに合わせるように頭を軽く振っている。

波を切って揺れる艇のリズムも相まって、艇全体が一体化していく気配を感じる。そのため黒須も、まあいいかと受け容れることにした。

「左舷、十一時《じゅういちじ》半方向に船です！」

黒須は戦闘指揮の中枢CICに座ると、目前に並ぶモニターを見渡す。すると、進行方向やや左に船が四隻見えた。

映像を拡大して水平線上に見えてきたその姿を確認する。

白い帆を張っているところから察するに、海賊から逃れてきた船であろうか。

しかし帆はいくらでも変えられる。P3Cから報告のあった通り、海賊行為の途中で現場海域から離脱した船という可能性もある。

『あの船、明らかに怪しい。どうしますか？』

松本がCICの黒須にインカムを通じて問いかけてくる。

すると司令の濱湊が言った。

『急ぐべきは海賊の捕縛ではない。海賊に襲われている民間人の救出だ。現場に駆けつけることを優先したいと俺は思う。海保の方はどうか？』

『私も同じ考えです。しかしもし該船の傍を通過するなら、後の捜査に役立つよう写真だけは撮っておきたいところです』

高橋も濱湊の意見に同意したが、その上での条件を提示してきた。二人の意見には黒須も同感である。写真を撮っておきたいというのも当然であった。

「では現場に急ぎましょう。松本、そういうことだ」

『了解！　取り舵七度』

『取り舵七度……ヨーソロー』

『うみたか』は、針路を少しばかり変えて目前の四隻の傍らを掠めるように進んだ。

「モドーセー」

あまり比較目標のない海だと実感できないが、他の船が海に浮かんでいるだけで、今の『うみたか』がどれだけの速度で進んでいるのかがよく分かる。

帆船側からすれば、瞬く間という表現が相応しいだろう。

カメラを構えていた海上保安官が、すれ違い様にシャッターを押した。

これにより、目標の四隻にいた乗組員達の姿を、こちらを見て驚いている表情まできっちり写すことが出来たのである。

＊　＊

ドラケ海賊船団は、白い帆を掲げて襲撃の海から離れつつあった。

既に戦いの喧噪は水平線の向こうに消えて海は平和そのもの。船体に突き刺さった矢や、乗組員達の生々しい手傷が残っていなかったら、自分達は出航以来ずうっと穏やかな船旅を楽しんできたような気さえする。このまま何も起きなければ、襲撃は夢だったとすら思えてきそうな長閑《のどか》さであった。

だが、真北からやや東に位置する水平線から、碧い海を突き進んで来る何かが見えた。ストリングスとホルンからなるアップテンポな曲も微かに聞こえてくる。

「ん……なんだ？」

マストの真上あたりに滞空して周囲への警戒を強めていた船守りオディールは、船尾楼甲板のドラケに向かって叫んだ。

「ドラケ！　飛船が来やがったよ！」

オディールは飛船を見たことがないが、あれ程までの怖ろしい速度で進む船が他にあるはずがない。マストトップの見張りが彼女の報告を中継ぎする。するとドラケからの反応があった。

「やはり奴らが来たか？　オディール！　どの方角からだ？」

「右舷一点！」

だがオディールがドラケの元に舞い降りた時には、目標は右舷一点の位置には存在していなかった。

ドラケは単眼鏡を向けながら何も見えないぞと声を上げる。

「どこだ、オディール？」

「飛船ならもう三点だよ！　あいつ、とんでもない速さなんだ……あと何か音が聞こえてくるよ」

オディールは不安そうにドラケに身を寄せた。飛船の噂はこれまで何度か耳にしていたが実物を見るのは初めてなのだ。

「音って？」

「音楽みたいな感じだ……大丈夫かな？」

ドラケは心配はいらないとオディールの頭を軽く撫でる。そして続けた。

「大丈夫だ。奴らは俺達なんかには目もくれない」

「どうしてそう言えるのさ？」

「奴らは、海賊に襲われている可哀そうな商船の救出を優先しようとするからだ……」

「本当に？」

「ホントだとも」

信頼するドラケの言葉だったが、オディールはどうしても信じられなかった。

どこの国の海軍でも、海賊船を見たら拿捕することを第一に考える。そうすれば海賊の積み荷を我が物に出来るからである。

海軍の軍人はそうして得た財貨を上司に差し出し、ゴマをすって出世をするのだ。

それを差し置いて民間人を助けたとしても、確かに感謝はされるかもしれないが、得することなどほとんどないのである。

だからオディールは再度尋ねた。

「本当に？」

「多分……」

問いかけるほどに自信をなくしていくドラケにオディールは苦笑を禁じ得なかったが、程なくしてドラケの言葉が正しいと証明される。

ニホンの飛船は、凄まじい速度でオディール号の傍らを通過していったのだ。

「あわっぷ！」

「ひ、ひでぇ……」

その際、オディール号は大音響の音楽と大量の水飛沫を浴びせられた。おかげで甲板上の乗組員は一人残らずびしょびしょになった。

「あれが飛船か……」

「ぺっぺっ……なんてこったい」

全身海水まみれになった乗組員達は愚痴を零す。だがドラケだけは喜んでいた。

「どうだオディール、俺の言ったことは本当だったろう！　奴ら、俺達に目もくれず通り過ぎていったぜ！」

オディールもドラケにしがみついて言った。

「ああ、さすがドラケだよ！　どうして分かったんだい？」

「そこはそこ、俺様の情報力って奴さ。ファティマ達のおかげだ……ほんと、いい人だって知られるのは損だよな？」

ナスタに潜入したファティマ達は、日本人の行動や作戦を掴もうとして何度も失敗していた。黒須らの欺騙《ぎへん》や韜晦《とうかい》に惑わされたというのもあるが、そもそも情報伝達の速度が飛船の移動に間に合わないのだ。

しかしそれを補うかのように、彼女達は日本人がどのような考え方や物の見方をしているのか、その性格について詳細に伝えてきていた。

一言で言えば、『お人好し』。それがドラケの下した評価である。

「だからドラケは奴らがやってくる北東微北の方角に船を向けさせたのかい？」

「ま、そういうことだ。お前達も、あのまま商船を追い回していたらどういうことになったか、理解できたろ⁉」

「へい！　本当にお頭の言う通りになりました」

海賊達はドラケの判断力の正しさを褒め称えた。

少なくとも甲板で飛船の姿を目撃した者達は、ドラケの決断に納得したのである。

「船長！　一体何が起きたんですか？」

程なくしてクォーターマスターのパンペロがやってくる。

非番の乗組員達にも騒ぎが伝わったようだ。だが今になって甲板に上がってきても、飛船はとっくの昔に水平線の向こうに消えていた。

「今、飛船とすれ違ったんだ。残念だな、見損なって……」

船室にいた連中は、今の出来事を見逃してしまった。

そこで全身海水まみれになった乗組員達は、何を見たのか話してくれとせがむ仲間に、飛船と噂された船がどれ程のものであったのかを自慢するかのごとく語ったのである。

＊　＊

ダーレルやブラドの海賊船団は、パンタグリュエル商船団を最後の一隻まで我が物にしようと襲いかかっていた。

守る者がいなくなると乱暴狼藉が始まる。接舷して船刀《カトラス》を手にした海賊どもが我先にと乗り移っていくのだ。

「ひゃっはー」

「奪え奪え！」

もちろん商船側とて無抵抗な訳ではない。民間人ながら剣を手にした乗組員達が果敢な反撃を挑んで、一度ならずも海賊の撃退に成功している。

だがそれは結局、破局を少し先延ばししたにすぎない。

海賊を甲板から追い払うと、次に来るのは海賊船からの砲撃であったからだ。

勇気ある行動を起こした乗組員達も散々な砲撃を受けて、その多くが傷つき倒れていく。百人いた乗組員が五十人に、二十五人にと減っていけば、再び乗り込んできた海賊達の数に圧倒されてしまうのだ。

こうして商船は一隻、また一隻と拿捕されていった。

拿捕された商船は一切合切が奪われる。

まずは船そのものが海賊のものとなる。

船守りは剣先を突きつけられて、従うか船とともに沈むかを選ばされる。

大抵の船守りは自分の半身たる船を沈められることを良しとしないから、乗り込んできた海賊を新たな船長として受け容れることになる。

もし船守りが頑強に新たな主を拒んだり、それまでの戦いで傷ついて斃れていたり、また船体が破損し航行に耐えられないと判断されると、船は積み荷の一切合切を運び出されて海に沈められることになるのだ。

そうして捕らえられた乗組員や乗客に待っている運命は過酷だった。

この世界の商船には、客船や貨物船といった区別はないため、大抵の船には故郷から旅立とうとする者、戻ろうとする者、行商のため、学業のため——様々な者が乗り合わせている。海賊にとっては、そうした客の個人的荷物、そして身柄までもが略奪の対象なのだ。

特に若い女性は、海賊達が目の色を変えて探す対象だった。

「女、財宝、女はどこだ？」

海賊達は己の本能の赴くままに狼藉の限りを尽くす。

船倉の扉を破り、満載された財貨を我が物とすべく次々運び出していく。見目麗しい女性を捕らえようものならそれこそお手柄であった。

「いた！　女だ、女がいやがったぞ！」

「いやぁ！　誰か、助けて！」

「おい、独り占めするなよ！」

「分かってらい！　だけど俺が一番だ！」

クォーターマスターが手柄を認めてくれれば、その捕虜は捕らえた海賊に与えられる。だからこそ彼らは躍起になる。

そうした暴虐が嵐となって吹き荒れる中、パンタグリュエル商船団の旗船ナーダ号は粘り強い抵抗を続けていた。

「無駄な抵抗は止めて、出てこい！　今降伏したら命だけは奪わないでやるぞ！」

「そうだそうだ！　とっとと諦めて出てこい！」

露天甲板は既に海賊に制圧されている。足の踏み場もないほどに屍が横たわっているが、そのほとんどが海賊の砲撃を浴びたナーダ号の乗員達のものだった。生き残った船長や乗組員達の多くもまた、既に武器を捨てて降伏していた。

ただ船団主と船守り、一部の乗組員そして乗客達が、未だ船の最深部にある船倉に立て籠もっていたのである。

お宝は自分達の船に。捕虜は捕虜収容船へ。

ほとんどの船では戦いも終わり、荷物と人員の積み替え作業が進められている。

しかし、ナーダ号だけは制圧が終わっていなかった。

何しろ船団の中で最も大きな船だ。制圧に多少の時間を要するのは仕方ない。だがそれでも制圧完了の報告がいつまでも上がってこないことに、ダーレルは苛立っていた。

確かに自分はドラケに対し、飛船がやって来るのはずっと先だと言い切った。だが彼も心のどこかで噂を恐れる気持ちがあった。だから手際よく仕事を終え、手際よくズラかりたいのだ。

もしナーダ号が小さな荷役船だったらとっくの昔に制圧を諦めていたかもしれない。

だがナーダ号はパンタグリュエル商船団の旗船。船団主が乗っていて、当然ながら最も多くの財貨、最も高価で貴重な品々を積んでいる。

出港地に潜り込ませた諜報員の報告では、積み荷は琥珀《こはく》、飛竜の鱗《うろこ》、鯨油《げいゆ》、白金のインゴット、砂金、異世界からのガラス製品といった高価な品々ばかりだ。とても諦められるものではなかった。

「ちっ、しょうがねぇなあ！」

ダーレルは航海士に命じるとモナム号をナーダ号に接舷させた。そして自ら乗りこむと、景気の悪そうな顔付きをした配下達に尋ねた。

「お前達、何をもたもたしてやがる!?」

「あ、お頭！」

振り返ったのは三人だった。

千人以上も配下がいるので名前なんぞいちいち覚えていられないダーレルは、右から黒髭、狐目、鼻くそぼくろと瞬間的に命名した。

「実は、ここの梯子段を降りたところにいる奴がやたら強くて手も足も出ないでさあ」

甲板の開口部から船倉へと向かうには、狭く急峻《きゅうしゅん》な梯子段を降りていかなければならない。

しかし横幅が狭いので侵入者は足場の悪い梯子段を一列になって進むことになる。そのため階下で待ち受けている敵には一対一で対峙しなければならない。そこへきて下で待ち構えている敵は相当の手練れだという。そのせいで先に進めなくなっているとのことだった。

「で……どんな奴なんだ？」

ダーレルは開口部から中を覗き込んだ。しかし中は暗く、強い陽射しを浴びる露天甲板からではよく見えなかった。

「どんなって言いますと？」

「このスットコドッコイ！　俺が聞いてるのは、下にいるのがどんな奴かってことに決まってるだろうが！」

ダーレルは察しの悪い黒髭の頭を拳でぶん殴った。相手が粋がった腕自慢のガキなのか、老獪《ろうかい》な戦士なのかで、こちらの対処も変わるのだ。

「痛ててて！　すみません、お頭！　許してくだせえ！」

すると狐目が庇うように言った。

「女です。やたらと腕の立つ女ダークエルフですよ！」

「女だとお？」

「これがすこぶる付きのいい女でしてねえ。見ているだけでたまらなくなってくる程色っぽいんです！」

鼻くそぼくろは問われてもいないことを口にする。だがそこまで聞けば、ダーレルも事情を理解できた。

「なるほどな……」

　下で待ち構えているのがいい女ならば、配下連中が不覚をとるのも仕方がない。美女が相手なら生かしたまま捕らえたいと思うのは当然。出来るだけ傷つけたくないと剣先が鈍ってしまうのも納得できる。

　だが、それで殺されていたのでは元も子もない。まあ、実際はそこにまで考えが巡らないから海賊なんぞをやっているとも言えた。

「仕方ねえなあ。俺が直々に相手してやるか……」

　ダーレルは自ら舶刀《カトラス》を抜くと梯子段に足をかけた。

　そして配下どもの言う『いい女』とやらがどれほどのものなのかを直に確かめるべく、剣先を下に向け一歩一歩慎重に降りていったのである。

　一段一段の踏み板は狭く、そして傾斜は急峻。しかも、ダーレルの体重に悲鳴を上げるように音を立てて軋む。おかげで注意力の過半を足元に割かなくてはならないから、周囲への警戒がどうしても疎《おろそ》かになった。

　そこでダーレルは、不意の襲撃に備えるために一段降りては視線を巡らせ、また一段降りるという作業を繰り返した。

やがて暗がりに目が慣れてきて周囲が見えてくる。

「待ち構えているのは女だと言ったが……とんでもねえ虐殺者に違いねえ」

梯子段を降りきった二層目の甲板には、配下だった男達の骸が散らばっていた。そして血液と屍体で舗装された甲板に、長身の女が佇んでいた。

褐色《かっしょく》の肌。笹穂耳《ささほみみ》。銀糸のごとき長い髪。滑らかで豊かな身体の線が顕わな黒革の鎧。まさしくダークエルフの女だ。

「確かに佳《よ》い女だ。そのへんの奴なら一目見ただけで骨抜きにされちまうな」

海賊なんていう連中の審美眼では、相当な醜女《しこめ》でもない限り大抵が美人に括られる。だがそこにいたのは紛れもない美人。しかも若さだけが取り柄のガキと違い、艶気《つやけ》たっぷりの大人の女だ。まさに極上中の極上であった。

「愚か者が、また来たか……」

だが、そのダークエルフは血に濡れたサーベルを提げている。

殺意の籠もった冷視線と罵倒を浴び、震えるような心地好さを感じたダーレルは、唾をぐびりと呑み下すと降伏を促した。

「おいお前、俺の情婦《じょうふ》にならねぇか？　お前みたいな佳い女を殺しちまうのはもったいない」

「その提案には乗れん。此の身《こみ》の心と身体は、既に我が物ではないからだ。聖下より託された使命を果たさねばならん」

「なんでぇそりゃ？　つまりお前は誰かの奴隷ってことなのか？」

「此の身はそのように理解し、行動原理としている。我が主――あの男にとっては迷惑なことのようだがな」

「なら、海賊の流儀でお前を俺のものにする」

ダーレルは女の見せた隙を見逃さなかった。サーベルの切っ先が僅かに下がった瞬間を突いて、勢いをつけた斬撃に打って出る。

梯子段の高さを生かした力任せの一撃だ。体重のしっかり乗った威力と衝撃で、細身のサーベルなどへし折れるはずだった。

「なんだと!?」

しかし彼の刃は虚空を斬った。

女はダーレルの剣にサーベルを合わせようともせず、彼の脇をすり抜けたのだ。

違う。そう感じたのはダーレルだけであった。

現実はダーレルが足を置いた踏み板が割れ、彼の巨体が落下したのだ。

ダークエルフの女は、それにぶつからないよう脇に退《の》けただけだ。

どうやら踏み板に細工がされていたらしい。この女が先ほど見せた僅かな隙は、この仕掛けに誘い込むための罠だったようだ。

たちまち立場が逆転し、床に転倒したダーレルは女を見上げることになった。床に激しく身体を打ち付けた苦痛と屈辱でダーレルは顔を顰《しか》める。

「くそっ……してやられたぜ！　女、お前の名を教えろ」

女は油断することなくサーベルの切っ先をダーレルの喉元に押しつけた。

「ダークエルフ。シュワルツの森部族デュッシ氏族出身、イタミヨウジの僕《しもべ》、ヤオ・ロウ・デュッシ。してドワーフの海賊、御身《おんみ》の名は何という？」

鋭い尖端が分厚い皮膚を破らんと弾力の限界まで押しつけられる。少しでも余計な動きを見せたら皮膚が破れて大量の出血となるだろう。

「ちっ……俺か？　俺はなっ！」

しかしその瞬間、梯子段の上部から矢が撃ち込まれた。ダーレルの配下が頭目を助けるために射かけてきたのだ。

「!?」

しかしヤオはそれを察知して身を翻《ひるがえ》す。

瞬間、サーベルの切っ先が離れたが、ダーレルは身じろぎ一つ出来なかった。降ってきた矢が彼の右耳の傍らと、左肩の側に突き立ったからだ。

「お頭！」

とはいえこの好機に寝てなんかいられない。すぐに立ち上がって梯子段に手を掛けた。

「待て！」

ヤオは追おうとするが、再び矢が降ってきて行く手を阻む。

「誰が待つか！　俺はダーレルだ。ダーレル・ゴ・トーハンの名を覚えておけ！」

ダーレルは捨て台詞のように名乗りながら、命からがら露天甲板に逃れたのである。

「てめえらか、矢を射かけてきたのは!?　危うく俺に刺さるところだったじゃねえか！」

ダーレルはまず配下の黒髭、狐目、鼻くそぼくろの三人を手酷くぶん殴った。

「痛てっ！」

「で、でも……」

「ひでぇ、お頭のためにやったのに……」

配下達は涙目になって苦情を言った。

「んなことは分かってらあ！　おかげで助かったのも確かだからその分は褒めてやる！

だがな、俺に危うく矢が刺さるところだったんだぞ！　それと合わせたら差し引きゼロだ、くそ馬鹿野郎どもめが！」

「お、お頭ぁ。殴られたら差し引きゼロになってませんよ！」

「そ、そうか？」

「そうですよ！」

どうやらダーレル自身、自分の矛盾に気付いていなかったらしい。配下に指摘されてようやく理解したようだ。

「それより、これからどうするんですか？」

狐目が、このままこうしていても埒《らち》が明かないと指摘する。

お宝の詰まった倉庫はあのヤオというダークエルフの背後にある。あの女をなんとかしない限り、そこまで辿り着けないのだ。

「ふむ……」

ダーレルはしばしの黙考の後に言った。

「おい、大砲を一門持ってこい」

「大砲？」

「おうよ、モナム号の大砲を一門降ろせ。そいつをここに据えて、下に向かって撃ち込む！」

ダーレルはそう言って甲板を指差した。入り口が塞がれているなら、別の場所に入り口を作ればいいという訳だ。

「そ、そんなことをしたら……この船の底に穴を空けることになっちまいませんか!?」

「頭の硬い奴らだな。その分魔法の力を加減させればいいだろ！　四の五の言ってないでとっとと仕事にかかりやがれ！」

「は、はい！　お前達も手伝え！」

海賊達はこうして作業にとりかかった。

一方のヤオは、ダーレルを仕留め損なったものの、これで力押しは不可能だと海賊達に思い知らせることが出来たと考えた。

敵が再び攻めてくるとしても別の手段を講じるだろう。その準備にしばらく時間がかかるはずだ。

そこで背後の戸を潜《くぐ》って船倉に入った。

「あ、あんた。無事だったのか!?」

中には船団主の商人や船守り、乗り合わせていた旅客、乗員の生き残りが立て籠もっていた。

彼らの皆がヤオの姿を見て驚く。無謀にも扉を守ると言って外に残った彼女が、まさか無事に戻ってこられるとは思っていなかったのだ。

「なんとか海賊どもを追い返すことには成功した。だが、これで諦めるような奴らではない。すぐに次がやってくるだろうから、この扉は塞いでしまったほうがいい」

ヤオが言うと、船団主の男が乗組員達に命じた。

「お前達、そのあたりの箱を運んでこい。扉の前に積み上げて入り口を塞ぐんだ」

しかし、船倉にいた乗組員達は彼に従わなかった。

「どうしたお前達？」

この危機的状況で無為無策は自殺行為と同義であるのに乗組員は動かない。船団主がどうして何もしないのかと問いかけると、乗組員の一人が躊躇いがちに答えた。

「こんなことして意味があるんですかね？」

「意味はあるだろう？　時間さえ稼げれば海軍が助けに来てくれるんだぞ！」

「ティナエの海軍なんか当てになるもんですか！　結局、護衛だって満足にこなせなかったじゃないですか！」

「そうですよ。いっそのこと積み荷を海賊に差し出して、命だけは助けてくれと頼めば奴らももしかしたら……」

「んな訳あるか！」

「試す価値はありますよ。奴らだって人間だ……」

「馬鹿みたいな希望に縋ってないで、手を動かせ！」

「はっ、嫌だね。この期に及んで自分の積み荷を守りたいだけの守銭奴に従えるか！」

「そうだ！　積み荷を守って争おうとするから殺し合いになるんだ！　こんなもんくれてやれ！」

どうやら一部の男達が敗北主義に取りつかれているようだった。それ故船団主に反抗的なのである。

これには船団主も怒った。

卑怯にも彼らは海賊に向けるべき怒りと反抗心を、今この場における最善手を実行しようとしている船団主に向けているのだ。

だから船団主は部下を怒鳴り、殴りつけて働くよう強《し》いた。

だがそうなれば、乗組員達も頑として言うことを聞かなくなり、激しく抵抗する。そして一部の乗客達までもが抗戦派への加勢を始めた。

「海賊に降伏して無事で済む訳ないだろ！　奴らは嬉々として我々のことを奴隷商に売り払うだろうが!?」

「それだって死ぬよりマシだろ！」

「そうだ！　どうして悪いほうにばっかり物事を捉えようとするんだ！」

こうして船倉に逃れることが出来た僅かな生き残りが、抗戦派と恭順派に分かれて醜い言い争いを始めてしまったのである。

そんな一連の出来事を見ていたヤオは怒るでも呆れるでもなく、身につまされるような気分になった。

「危機に瀕した時の人間の振る舞いというのは、種族を問わず似たようなものになるのだな」

この状況と同じようなことは、かつてシュワルツの森でも起きた。

目覚めたばかりで腹を空かせていた炎龍が襲ってくるため、逃げ隠れする羽目に陥り狩猟も農耕も出来なくなった。やがて蓄えも底をついて……絶望した同胞達は互いに反目し合い、口汚く罵《ののし》り合った。

危機に瀕しても状況を冷静に把握し、合理的に行動可能性を探りそれを実行できるというのは才能の一つなのかもしれない。シュワルツの森でも、無気力になったり、かえって破滅を促進させるような行動をとったりする者が続発した。

特に目立ったのは、本来敵とすべき炎龍に与《くみ》し、味方を裏切る行為をした者の出現だ。炎龍に味方をすることで自分だけは助かると思ったのかもしれない。炎龍にとっては、どちらも同じくエサでしかなかったというのに。実に滑稽なことである。

しかしヤオとて他人のことは笑えない。救いを強く求めるあまり、愚劣かつ卑劣な行動を起こしてしまった。

にもかかわらず今こうして生きていられるのは、それまで彼女の身に起きてきた様々な不運を相殺して余りある、大幸運な出逢いに恵まれたからなのだ。

その時のことを思い返したヤオは、この争いに関わることを避けるべく船倉の暗がりへと引っ込んだ。そして隠れるように腰を下ろす。

今まで平静を装ってきたが、海賊達との戦いでやはり疲労が溜まっていたらしい。身体が重い。何一つ安堵できる状況ではないが、今は休みたい。そんな想いに駆られて壁に背中を預け、目を閉じたのである。

眠っていたのか、あるいはうとうとと眠りに落ちかけていたのか。

ヤオは雷鳴のような爆裂音で叩き起こされた。続けざまに大量の木片が船倉にいた者達に降り注ぐ。

「な、何が⁉」

見上げてみれば天井に大きな穴が空いていた。そして穴の縁には、大砲がその筒先をこちらに向けている。砲口からは白い煙が噴き出していた。

事もあろうに、海賊達は船倉への道を強引に開いたのだ。

周囲を見渡せば、船倉内にいた者は舞い上がった埃や煙で混乱に陥っていた。撃ち込まれた砲弾に巻き込まれ、口から血を吐いている者もいる。太い梁材《りょうざい》の下敷きになって呻いている者の姿もあった。

ダーレルは船倉を覗き込んで勝ち誇った表情をしていた。そして配下に命じる。

「野郎ども！　かかれ！」

「いけぇ！」

「うらーあああああああああ」

海賊達が喊声を上げながら、一斉に飛び降りてきたのである。

突然の出来事に、船倉の乗組員達はまったく対処できずにいた。

海賊達は、抗戦派やら恭順派やらを区別してくれる訳もない。降伏しようとした者も腹部に深々と舶刀《カトラス》を突き刺されて悲鳴を上げ、あるいは喚き散らしながら逃げ回るばかりだった。

ヤオは素早くサーベルを抜き、挑んできた海賊達と切り結んだ。

剣を交えたかと思うと、絡め取り、あるいは軽く弾いて隙を作り、電光のような斬撃刺突を繰り出す。

彼女の剣はまるで吸い付くように敵の舶刀《カトラス》に張り付き、海賊達を翻弄していく。

海賊達は腕を、腿《もも》を、首筋を薄い刀身で刻まれ、次々と倒れていった。

「女一人に何手間取ってる⁉　取り囲んで袋にしろっ！」

ダーレルが頭上から指示する。

それに従った海賊達が、ヤオに一斉に襲いかかった。

「風の精霊よ！　光の精霊よ！　quiiiili morgann!」

だがヤオは咄嗟《とっさ》に呪文を唱えて、左手を振るった。

すると突然放たれた光が、風が、海賊達に襲いかかる。

光はフラッシュのように輝き海賊達の視界を塞ぐ。そして風精霊は、空気の渦の中に真空状態を作るとそれを解放し、大きな炸裂音を周囲に放つ。それらの効果が合わさり、閃光衝撃弾のごとき魔法が海賊達を襲った。

「め、目がぁ！」

その隙を見逃すヤオではない。右手に握ったサーベルの剣先を生命の急所である喉、腋《わき》、内腿《うちもも》へと突き刺して回る。

「うわっ、この女……」

「て、手に負えない！」

素早く動き回るヤオに対し、取り囲むことすら困難だった。

海賊達は悲鳴を上げながら、たまらず引き下がる。

無論、ヤオはそれに乗じて追い打ちをかける。しかしその時、彼女の剣が甲高い音を上げてへし折られた。

「何!?」

目の前には海賊ダーレルの姿。

ダーレルがその巨体で飛び降りてきて、渾身の力を込めて肉厚の鉈《なた》を振り下ろしたのだ。

ヤオは咄嗟にそれを受け止めようとしたが、勢いに負けサーベルが折られてしまう。

ヤオの胸元に突きつけられる短剣の切っ先。ヤオは半身の剣を片手に動けなくなった。

「すぐに楽にしてもらえると思うなよ！　手間をかけさせられた分、仲間が流した血の分、お前にはきっちり対価を払ってもらうからな」

「くっ……」

ダーレルはヤオの抵抗を封じた上で、ヤオの革鎧を切り裂いていった。

数度の作業でヤオの豊かな胸が露わになる。

ヤオは腕を畳んで胸を隠そうとするが、ダーレルは短剣の切っ先をヤオの褐色の肌に押し付けてそれを禁じた。そして肌の弾性限界を試すかのように更にぐいと押しつける。

「はっ、隠すんじゃねえよ。減るもんじゃねえし、別にいいだろ？」

無防備なヤオを見て舌舐めずりをしながら、ダーレルは革鎧の胸部を切り裂いた刃をいよいよ下半身にまで下ろしていく。

「ダークエルフがどんな味で、どんな声で啼《な》くのかたっぷり楽しませてもらうぜ。俺が飽きたら配下にお前を下げ渡す。俺の配下は軽く千人は超えるから楽しみにしてろ。一時も休むことなく、全員で盥回《たらいまわ》しにしたら一体何日かかるかな？」

ヤオが衣一枚まとわぬ姿になると、ダーレルはそう言って嫌らしそうに嗤《わら》った。

その時である。

遠方から何やら音楽が聞こえてくる。

アップテンポのストリングスと、ファンファーレからなる疾走感溢れる曲。そしてその曲を背景に、訛《なま》りのある特地語の声が轟いた。

『我々は日本国海上保安庁ならびに海上自衛隊である。君達を、殺人、傷害、暴行、強盗、営利目的誘拐、海賊行為等処罰法諸々の現行犯で逮捕する。抵抗をやめ、捕らえた人々を解放し、速やかに投降せよ！　繰り返す、我々は日本国海上保安庁ならびに海上自衛隊である！』

鼓膜を破るような勢いで周囲に響き渡る音楽、そして警告の大音声《だいおんじょう》。

甲板にいたダーレル海賊団の海賊達は、いきなりの呼びかけに振り返るとその発生源に目を見開く。

「な、なんだあれは？」

「と、飛船だ」

彼らの目に飛び込んできたのは、凄まじい速度で近付いてくる船の姿だった。

碧い海を切り裂き、白い水飛沫をまき散らしながら突き進んでくる。マストに十六条旭光の旗を掲げて、海賊船の間を高速で駆け抜けていった。

『繰り返す、我々は日本国海上保安庁ならびに海上自衛隊である。君達を、殺人、傷害、暴行、強盗、営利目的誘拐、海賊行為等処罰法諸々の現行犯で逮捕する。抵抗をやめ、捕らえた人々を解放し、速やかに投降せよ！　繰り返す、我々は日本国海上保安庁ならびに海上自衛隊である！』

「や、やっちまえ！」

「撃て撃て！」

海賊達は矢を放ち、先込式大砲の砲弾を放った。

「な、なんてぇ速さだ。まるで風だ。いや、風以上だ！」

しかし砲弾は、飛船が通り過ぎた遙か後ろに水柱を上げるばかりで掠《かす》ることすらない。

そして弓箭は海の波間に虚しく突き刺さるだけであった。

＊　　＊

ミサイル艇が海面を疾駆《しっく》する姿をイメージするのに、最も適しているのは山を走るモトクロスバイクかもしれない。

スピードを言えばレース用のモーターボートなども引けを取らないが、荒波に揉まれるそれとは比較にならないのだ。

波の斜面を駆け上がり海水の尾根を越えた瞬間、艦体は僅かに宙に浮かぶ。

そして着水とともに波の谷間に舳先を深々と突っ込む。更にそこから波飛沫を浴びながらも再び波面《はめん》を駆け上るのだ。

飛んで、跳ねて、突き進んで、また駆け上がる。ミサイル艇とはそんな騁馬《かんば》なのである。

『海賊が発砲！』

『複数の矢の発射も認めます！』

ＣＩＣでそれらの報告を受け取った黒須は間髪を容れずに命じた。

「舵長！　細かな回避は任せる！　ただし海上にいる漂流者を巻き込むなよ！　見張り員は監視を厳となせ！」

『了解！』

黒須の指示を受けた舵手が舵を握り締める。そして海賊船の間を縫うように、『うみたか』を右左に蛇行させた。

「海賊船九隻を確認……これをアルファ１から９とする」

その間に、黒須は敵の状況や戦力の評価を行っていった。

まずアルファ１を含め、民間商船に接舷している海賊船は攻撃対象から外す。すぐには脅威にはならないし、砲撃で民間船を巻き込む可能性があるからだ。

そうでない船だけを叩き潰すことで圧倒的な力を見せつける。それにより敵の戦意を喪失させれば、その後は平和裏に対処することが可能になるはずだ。

「ＦＣ（射撃管制）、右側の黒船アルファ５から狙え！」

黒須の指示が出る。

するとモニターに向かっていた射撃管制員は拳銃にも似た発射装置を握りしめた。

オート・メラーラ七六ミリ砲が素早く回旋して海賊船を指向、照準を合わせる。

『うみたか』と海賊船との距離が急速に縮まっていく。

「対水上戦闘始め！」

「主砲発射」

射撃管制員がモニターに捉えた目標を睨みながら、引き金をぐいっと引き絞った。

「てーい！　てーい！　てーい！」

訓練の時と同じように拍子を取る声を上げる。本来ならしないことだが、訓練は実戦のごとく実戦は訓練のごとくという上官からの教えが彼にそうさせたのだ。

海面上をドリフトしていた『うみたか』は、彼の呟きのリズム通りに主砲弾を放った。

その砲弾は、舷側に大砲を並べた海賊船の脇腹へと直撃する。

砲弾発射の原理は、先込式の大砲だろうとオート・メラーラ七六ミリ砲だろうと同じだ。爆発によって発生するエネルギーを砲身内で砲弾に伝え、運動エネルギーを目標に叩き付けるのである。

「だ～ん、着、着、着！」

ただし先込式大砲が、ヒトの頭ほどもある鉄球ないし用途に応じた形状の物体を叩き付けるのに対して、オート・メラーラ七六ミリ砲は炸薬がたっぷり充填された砲弾が目標に襲いかかる。

海賊船の木製の船体を貫いた三発の砲弾は内部で炸裂、海賊船の船体を木っ端微塵に吹き飛ばした。

「おおっ！」

「やったぜ‼」

戦況を直接その目で見ることの出来る艦橋の乗組員達は、爆炎が上がると一斉に声を上げた。海賊船は三回の爆発で大きく損壊し、たちまち海面下に呑まれていった。

「海賊船アルファ5、沈みます！」

報告をすると、直ちに黒須からの指示がスピーカー越しに聞こえてくる。

『次はアルファ3！』

アルファ3と命名された海賊船は、甲板に漕手を並べるとムカデの足がごとき櫂を用いて急旋回し、高速で駆け回る『うみたか』の針路を横切ろうとしていた。

舷側砲でこちらを攻撃する意図があるのは勿論、自分がそうだからと『うみたか』の正面に回れば、火砲の死角に入れると思い込んでいるのかもしれない。

司令席の濱湊が言い放った。

「我々には死角などないことを教えてやれ！」

すると『うみたか』の主砲は素早く回旋して正面にその筒先を向けた。

『撃て！』

「てーい、てーい、てーい！」

再び『うみたか』の主砲が三度炎を放ち、ほぼ同時に海賊船も舷側に大砲の噴煙をまとわせた。

すぐさま松本が操舵手に叫ぶ。

「おもーかーじ！」

操舵手が大きく舵を傾け、互いの砲弾が飛翔している間に『うみたか』はドリフトで針路を右に変えた。最高速度での急激な針路変更によって、乗組員達は強烈な横Gを受けてバケットシートに押しつけられる。

「ぐほっ！」

艇長席に着き、双眼鏡を手に周囲を監視していた海保の高橋が突然の衝撃で呻き声を上げる。

乗組員達は一瞬額に冷や汗を浮かべたが、敵砲弾は右旋回する『うみたか』の左舷側の海に水飛沫を上げるに留まった。片やこちら側の砲弾は、狙い違わず海賊船の船体に極太の牙を突き立てる。

「だ〜ん、着、着、着！　全弾直撃！」

「アルファ3、し、消滅！」

海賊船は爆炎とともに粉微塵となった。船体の形すら維持されず、海に散らばる木片と化したのである。

『艇長、アルファ7が東南に向かいます。P3Cの報告ではアルファ7には民間人を収容した船が曳航されています！』

CICのスピーカーから、海保の高橋の声がした。

艦橋上部に備えられたカメラがアルファ7に向けられ、モニターにその姿が映し出される。

「了解！　アルファ7を逃がすな！　収容船との距離が近い……機関銃、舵板を狙えるか！」

『任せてください！』

黒須の指示に、舷側の機関銃手から頼もしい返事が戻る。松本の指揮で速度を一杯に上げた『うみたか』は、アルファ7に追い縋っていった。

アルファ7と命名された海賊船との距離がみるみる内に縮まっていく。

「撃て！」

そしてその右側を掠めるように追い抜く瞬間、『うみたか』甲板に据えられた一二・七ミリ重機関銃が海賊船の尾部喫水線下に向けて弾丸を放った。更にそのまま喫水線下の船体を狙って弾丸を撃ち込んでいく。

海賊船の舵板はこれによって破壊された。

針路の変更が出来なくなった海賊船は、これで捕虜収容船同様にただ海に漂流することになる。修理をすれば航行を続けることも出来るだろうが、船体に穴が空いた今、防水処置に人手を取られてそれどころではないはずなのだ。

＊　＊

突然現れた飛船によってダーレル、ブラド、その他を含めた海賊船団は大混乱に陥った。

凄まじい速度で戦場を駆け抜け、二隻の船が一瞬にして沈められてしまった。しかも海賊側の反撃は掠りもしない。

逃亡を図った船を率先して叩きに行く飛船の動きから、海賊は一隻も逃さないぞという断固たる意志が感じられた。

「お、お頭！　早く逃げましょう！」

「阿呆か貴様、奴らには俺達を逃がす気なんて欠片もないんだぞ！」

ダーレル配下のミリア号船長ガルダは、仲間の船が沈められたことに怒っていた。そして飛船に対する反撃を試みていた。

「大砲を早く撃つんだ！　どうして撃たない!?」

「む、無理ですって！」

掌砲長が、狙いがまったく定まらないと叫ぶ。

舷側に並べた大砲は、砲口を向ける可動範囲が著しく狭く、しかも重い。そのため簡単には動かせないのだ。この欠点は舷舷《げんげん》相摩《あいま》す接近戦なら問題にならないが、素早く駆け回る飛船を相手にするには致命的であった。

「いいから撃てって！」

ガルダが掌砲長から火縄を奪って尾栓に押しつける。すると大砲が火を噴き、飛船が通過した遥か後ろに水柱が上がった。

ガルダは掌砲長に罵声を浴びせた。

「下手くそめっ！」

しかし掌砲長にだって言い分はある。

船は波やうねりの影響で照準は絶えず変化する。

何とか目標を照準の中央に捕らえたとしても、人間が手で火口に火縄を押しつけ、薬室内に火が伝わり爆破が生じるまでコンマ数秒の差が生じる。

更に砲弾が目標に届くまでに数秒。全て足して生じた時間差が、致命的な誤差を作ってしまう。数百ユン先（一ユン＝約〇・九メートル）を高速で動く物体に命中させるためには、それを見越した偏差射撃をしなければならないのだ。

しかし飛船の素早さはそれをなかなかさせてくれない。蛇行されては尚のこと狙いが定まらなかった。

ところが、それまで複雑な動きをしていた飛船がミリア号の右舷を通過するコースをとった。同じ速度で、真っ直ぐのコースだ。

ガルダ船長はそれを敵の増長と受け取った。こちらを舐めているのだ、と。

「よしっ、奴らの足を止めるぞ。風上に舵を取れ！」

舐めたことを徹底的に後悔させてやる。その思いでガルダは敵が射界に収まるのを待った。しかし、敵は砲撃の寸前で針路を変える。右舷で大きくカーブしたのだ。

あと少しで敵に一発食らわしてやれるのにという誘惑がガルダの視野を狭くした。

「くそっ！　舵を風上一杯に切るんだ！　右舷漕ぎ方やめ！　左舷漕ぎ方いっぱーい！」

船長の指示で舵が右一杯に切られる。ミリア号は旋回性能限界の角度で右に大きく曲がった。しかしその時、見張りが叫ぶ。

「ダメだ、お頭！　そっちに行ったらカレン号とぶつかっちまう！」

飛船に翻弄された船が好き勝手に舵を切ったため、二隻の船が互いに衝突コースをとってしまったのだ。あるいは巧みに誘導させせられたのかもしれない。

「くそっ……左に舵を切り返せ！」

「ま、間に合いません！」

慌てて舵を切っても時既に遅し。二隻の船は舷を擦り合わせるように激突。ずらりと並ぶ櫂がへし折れ、漕役奴隷達が反動で吹き飛ばされて床に転がった。

それでも転がるだけで済んだ者は運がよいほうだ。ある者は甲板から海に投げ出されたり、ある者はマストから甲板に転落したりと大惨事を招いたのである。

＊　　＊

「アルファ8とアルファ9が衝突！」

海賊船同士が激突する様子は『うみたか』のCICでもしっかりと捉えられていた。

画面を見れば、アルファ8がアルファ9に舷側を破られて大きく傾いている。

「さすが松本。狙い通りだな」

優秀な当直士官は、武器を使うことなく敵を無力化してみせたのだ。

黒須はこの二隻はしばらく脅威にならないと判断すると、他の船に意識を向けた。

戦闘を開始して轟沈二、航行不能が三。当初九隻いた海賊船の残りは四隻である。

大混乱を起こしててんでばらばらに逃げ回っているように見えるが、まだ戦う意志を示している船も二隻ほどあった。

アルファ2、アルファ4だ。この二隻は捕虜収容船の漂う方角に向かっている。

その動きが悪質な何かを企図《きと》していることは想像に難《かた》くない。そして、この船を倒してしまえば戦いは終わるだろうと思われた。

問題はこの敵をどのようにして倒すか。否、どのように『戦意』を奪うかである。

彼らの力で対抗できるとほんの僅かでも思わせてはいけない。生き延びることが出来ると期待させてもいけない。海賊などの力では手も足も出ない圧倒的な存在だと思い知らせる。精神的に打ちのめさなければならないのである。

「松本、次の策だが……」

黒須は当直士官に自分の考えを伝えた。

『了解！　針路、二〇二《ふたひゃくふた》』

すると松本が即座に反応し、舵長に指示したのだった。

＊　＊

大混乱に陥るダーレル海賊船団。そして逃亡を図って敵の注目を引き、かえって攻撃を浴びてしまった独立海賊。

そんな中、配下と合わせて二隻の船でこの狩りに参加していた海賊ブラド・ゴ・ガマは、突然現れた飛船とどう戦うかを必死に考えていた。

結論はすぐに出た。

追いかけようにも追いつけない相手なら、自分の手の届くところにまで来てもらえばよいのだ。

相手の気を引くのは簡単だ。逃亡を図った独立海賊船が仕留められたのは、捕虜を収容した船を曳航したままだったから。つまり捕虜を連れ去ろうとしたからだ。

よほどの重要人物が捕虜の中にいるのかもしれない。

もしそうであるならば、捕虜収容船に砲撃を仕掛けたら敵は止めようとしてくるはず。

「よし、針路変更しろ。捕虜収容船に向かうんだ！」

「何するんですかい？」

「十分に近付いたら、手旗でアレン号に伝えろ。捕虜収容船に砲撃しろとな！」

「そ、そんなことさせたら、アレン号が狙われちまう！」

「奴をおびき寄せるには持ってこいだろ⁉　奴がアレン号を止めようと近付いてきたら、こっちの一斉砲撃をかましてやるんだ。全大砲に弾を込めろ！」

「全大砲って……左右両舷ともですか？」

「そうだ。次弾装填の時間がないから、船の向きを変えて二斉射をかましてやる」

「ラーラホー船長！」

海賊船の掌砲長達は砲手達を叱咤して装填作業を急がせた。

「捕虜収容船……大砲の射程距離に入ります！」

「よし、アレン号に伝えろ。捕虜収容船を撃てってな」

ブラドの命令が手旗で伝えられる。

するとアレン号は、舷側の砲を捕虜収容船に向けるべく針路を変更した。そしてこの様子は飛船にも見えているはずであった。しかし見たところ反応がない。

「どうだ？　奴はこっちに来たか？」

「まだ気付いてないようです」

その時、飛船は混乱するダーレル配下の船を巧みに誘導し、衝突に追い込んだところだった。

「ダーレルの手下が、船同士をぶつけちまいやした！」

「ちっ……まあいい。捕虜収容船に二、三発も撃ち込めば嫌でも気が付く。いいか、アレン号が撃ち始めたら奴はきっと大慌てでやってくる。その時が勝負だかんな！　お前ら気を抜くんじゃねえぞ！」

「ラーラホー！」

混乱の中なら尚更、リーダーの自信溢れる態度は配下達を感化する。頭目の指示に従っていれば間違いないと、船全体が一体感を持って目的に邁進《まいしん》する空気になるのだ。

「装填だ、急げ！　急げ急げ！」

左右の舷砲の準備がたちまち整えられていく。

アレン号でも準備が整ったらしい。舷側の砲門が開き、そこから大砲が突き出された。

いよいよ砲撃が始まる——そう思われた時だった。

遙か遠方を進んでいた飛船が発砲。三発の砲弾が、アレン号を挟み込むように水柱を立てたのである。

「き、夾叉《きょうさ》!?」

「あ、あんな距離から砲弾が届くのか!?」

その砲弾は彼らの常識では考えられないほどの飛距離だった。その瞬間、彼らはアレン号が捕虜収容船に迫っても飛船が針路を変えなかった理由を悟る。この戦場のどこにいようと、飛船の手は余裕で届くのだ。

アレン号は捕虜収容船に向けて慌てて発砲を開始した。

しかし大砲の一門が火を放ったところで、続いて飛んできた砲弾がアレン号に直撃。重ねての砲撃をする間もなく船は吹き飛んだ。

「せ、船長、アレン号が!?」

「んなこと、言われなくとも分かって……」

その時ブラドの目に、自分の元に飛んでくる砲弾が見えた。

それは瞬《まばた》き一回ほどの刹那のことだった。

次の瞬間、ブラドの身体と彼の船は粉々に弾け飛んだのである。

*　*

海賊ダーレルは、ナーダ号の甲板を大砲で破り船倉に飛び込むと、抵抗を続けていたヤオの胸元に短剣を突きつけその動きを奪うことに成功した。

これでやっかいな敵はいなくなった。

配下の海賊達は歓声を上げ、勇んで突き進んでいく。

「アコース号と、ベローチェ号が沈められちまいました！」

だが、捕らえたダークエルフをどうやって辱《はずかし》めてやろうかと思った瞬間、飛船が現れ周囲の風向きは一気に変わり、まさかと思うような報告が立て続けに届いた。

「カレン号とミリア号が衝突！」

次々と届けられる凶報はどれも俄かには信じられないものばかり。

外では一体何が起きているのか？

ダーレルはその目で様子を見るため、船倉の戦いを放棄して甲板に上がりたくなった。

しかしここで戦いを中断したら元も子もなくなってしまう。一旦始めた制圧の戦いは一気に終わらせてしまわなければならないのだ。

「衝突する間抜けなんてほっとけ！　相手は何隻だ⁉」

ダーレルは大砲が空けた頭上の穴を通じて問いかけた。

「一隻です！」

「なんだ、たった一隻か⁉」

相手が一隻なら多少の時間はある。あるはずだ。配下達がどれほど無能だとしてもそれくらいは期待していいのである。

そこでダーレルは、傍らの配下に「この女には絶対に手を出すなよ」と厳命してヤオの身柄を預ける。そして自ら突き進んで船倉の制圧を急いだ。

「うおりゃ！」

抵抗するのは乗組員の残余《ざんよ》と船団主の商人。本来なら捕虜として後で身代金を請求したり、奴隷に売ったりする相手だ。しかし面倒臭くなったので全員を撫で斬りにしていく。

「お頭、大変です！　……」

だがついにはブラドの船まで沈められたという報告が入った。

不味い。これは絶対に不味いぞ。

抵抗していた者をことごとく斃してようやく戦いを終えたダーレルは、ナーダ号の甲板にとって返した。

「よし、お前ら、待たせたな！　すぐにモナム号に戻るぞ。飛船を倒すんだ！」

たが、甲板上は静まり返っていた。

そこには、悔しげな表情をした狐目と鼻くそぼくろ、黒髭がいて、既に戦いは終わってしまったとダーレルに告げた。

「なんだと？　何が終わったと言うんだ？」

「仲間の船は、みーんな帆を下ろしてしまいました」

帆を下ろして白旗を掲げる。そして砲門を閉じて大砲を打つ意思がないことを示す。

それらは降伏の意を告げる行為であった。

「んなことあるはずがねえ。もっとよく確かめろ！」

ダーレルは周囲の海を見渡した。

しかしそれは狐目の報告が正しいことを確認するだけの虚しい行為であった。

あれほど鳴り響いていた大砲の音はすっかり消え、海賊達の喊声《かんせい》も静まっている。聞こえるのは風の音、海のさざめき、そしてうねりに軋む船体の音だけである。

「なんでろくに戦いもせず？」

黒髭が答えた。

「お頭は直接見てないから分からないんでしょうが、あんなもの見せられたら誰だって戦う気が失《う》せちまいます」

一体何がこいつらの戦意を奪ったのか？　ダーレルは配下の顔色と海に浮かぶ残骸の数々から戦いの有り様を想像しようとしたが、何も思いつかなかった。

「なんてこった」

戦場となった海の真ん中には、快速を誇った飛船が停船している。そして小型の舟艇《しゅうてい》を海に降ろそうとしていた。

「今だ！　お前達、どうして攻撃しない⁉　今なら勝てるだろう⁉」

隙だらけに見える今この瞬間ならば有利だ。

しかしどの船も海賊達も動こうとする様子がない。ダーレルが罵り、突き飛ばしても、俯いて立ち尽くすばかりだった。

「どうする海賊ダーレル？」

その時、船倉から連れてこられたヤオが挑発的に言った。

「悔しかろう？　しかしながらこれがニホン人の力だと思い知れ。その力は古代龍の炎龍やその子の新生龍ですら一撃だった」

ヤオの言葉に海賊達がざわめく。

「え、炎龍だと？」

「マジかよ。そんなのに勝てる訳がない」

「どうするダーレル？　敗北を受け容れることに耐えられぬとあらば、僅かな可能性に賭けて抗《あらが》ってみるのも一興だぞ」

降伏するか、あくまでも戦うか。

「くそっ……」

しかし彼にはどれも選ぶことが出来なかった。降伏なんて論外である。だが仮に抵抗を試みようとしても、戦意を失った配下が付いてこないことは明白だった。

「くっ」

悔しげに呻いたダーレルは踵を返す。そして甲板を走ると、そのまま海へと飛び込んだ。

「お、お頭!?」

呆気にとられた海賊達はそんなダーレルを見ていることしか出来なかった。

その行為は、屈辱を拒んだダーレルが入水自殺を選んだかのように見えた。しかし彼の泳力は皆が知っている。海に飛び込んだくらいで死ぬような男ではないのだ。

『我々は、日本国海上保安庁である！』

やがてミサイル艇『うみたか』のボートがナーダ号に横付けされ、完全武装した特殊警備隊が乗り移ってきた。

隙なく機関拳銃を構えた特殊警備隊の隊員達が海賊達の前に姿を現す。

見たことのない武器を手にし、見たことのない装備で身を固めた彼らは、鋭い視線と声とで威圧しながら海賊達に船首楼甲板まで下がるよう命じた。

乗り込んできた特殊警備隊員は僅かに八人。

対して、商船ナーダ号を占拠していた海賊は百人以上。

人数に任せて圧殺すれば倒すのも容易である。しかし誰も逆らわなかった。

迂闊な反抗は、死刑執行の同意書に自らサインするようなものだと誰もが理解していた。

それ以上に、頭目のダーレルが自ら海に逃げてしまったことが大きかった。頭目がいなくなった瞬間から、ダーレル海賊団は戦闘集団として終わりを告げたのである。

＊　　＊

ミサイル艇『うみたか』の帰還は、ティナエの人々から熱狂的に歓迎された。

ティナエは海上通商で成り立っている国家だ。そのため大抵の国民は自らが船乗りであるか、あるいは家族や親戚に船乗りがいる。その命を奪い、自分達の生活を苦しめ続けた海賊達に対する憎悪は当然のように根深くて強い。

彼らは海賊の跳梁《ちょうりょう》を許してきた自国政府と海軍を不甲斐なく思い、憎しみすら抱いていた。それだけに、海賊達を捕らえてきた海上自衛隊と海上保安庁の行動を、快挙であると口々に賞賛したのである。

大勢の人々が『うみたか』の勇姿を見届けようと岸壁や埠頭に集まって大歓声で迎えた。

だが、その群衆の声も次第に静まり、やがて無音となった。

『うみたか』の背後に、捕らえた海賊船の姿が見えてきたからだ。

大衆の無言は、彼らの中にこみ上げてくる感情を堪えるがためのもの。その感情とは、怒り、憎しみ、恐怖、嫌悪といったものが混在したものだ。

『うみたか』に拿捕連行された海賊船は二隻。これらは『うみたか』に砲を突きつけられるようにしてナスタの埠頭に接岸した。

大観衆の不気味な沈黙が続く中、接岸作業が終わり、舷梯が桟橋から渡される。すると待ち構えていたティナエ海軍の海兵が突入し、海賊達が次々と引きずり出された。

それまで恐怖の代名詞であった海賊が、情けなくも命乞いし、慈悲を乞う姿を見た群衆は、そこで感情を爆発させた。罵声を浴びせ、自らその首に手をかけようと殺到した。

「待て、待つんだ！」

「下がれ下がれ！」

おかげでティナエ海軍の海兵達は、激高した市民達から海賊を守るために武器を構えなければならなかった。

「どうしてそんな奴らを庇うんだ！」

「そうだ、海賊なんか縛り首に決まってるだろう！」

人々は自分達の邪魔をするティナエ海軍の海兵達までをも口汚く罵ったのである。


ティナエ政庁――

海に浮かぶ小さな中洲島に密生する建物群に、ティナエ庁舎はある。その玄関へと繋がる桟橋に、自らの乗る舟を付けるよう命じたのは、ティナエ海軍海佐艦長カイピリーニャ・エム・ロイテル。

カイピリーニャは玄桟に船縁が着くや即座に立ち上がり、警備の見張り兵が止めるのも聞かずに庁舎内を突き進んだ。

「シャムロック十人委員はいるか!?」

「お待ちください、艦長！」

「シャムロック十人委員！　シャムロック十人委員はいるか!?」

廊下を騒ぎ立てながら大股で歩く。

「ちょちょっと、待ちなさいよ！」

シャムロック・ハ・エリクシールの執務室前で仕事をする三つ目美人の秘書イスラ・デ・ピノスが慌てて立ち上がる。だが彼女が止める間もなくドアを蹴破る勢いで突入した。

「シャムロック十人委員！」

その時シャムロックは来客の商人と向かい合い、親しげに話し込んでいた。二人は突然の闖入者に対して驚きで瞼《まぶた》を瞬かせた。

「シャムロック十人委員に話がある……」

カイピリーニャは二人に向かってそう告げるが、赤い外套《がいとう》を着たシャムロックは尊大そうに返した。

「艦長。我々は今、重要な面談をしている最中だ。世界が破滅するといったことでもない限り、邪魔をしないで欲しいんだが？」

「俺にとっては世界の破滅にも等しい内容だ」

「ほう？」

「海賊からの押収品の件だ」

「その話なら、順番に受け付けている……」

シャムロックはそう言ってカイピリーニャを無視しようとする。

しかし憤怒の表情となったカイピリーニャは、座談する二人の間に割って入り、シャムロックに迫った。

「あんたがこの話を嫌がるのは、俺がそこの商人のように賄賂を差し出さないからか？」

「なんだと？」

「その重要な面談とやらも、ニホンから引き渡された財産をどう山分けするかっていう算段だろう？」

「ああ。必要な手続きだからな」

シャムロックは、悪びれることなく首肯《しゅこう》した。

カイピリーニャに尻を向けられる形になった商人も肩を竦めながら続ける。

「私としても自分の財産を取り戻したいのだよ、艦長」

アヴィオン海の習慣では、海賊に積み荷を奪われた場合、荷主はその所有権を失う。

海賊を捕らえ、荷物を奪い返した者の所有となるのだ。

ところがニホン政府は、海賊の身柄だけでなく、押収した船や積み荷までも、我が物とせずティナエに引き渡した。海賊行為を裁く権利は、あくまでも現地政府にあるという方針に従ってのことだ。

だがそれはティナエ政府にとって今までの習慣とは異なる処置であった。

もちろん断る理由はない。気前のいいニホン政府の態度に戸惑いつつも、かねてからの財政難もあってそれらを喜んで受け取っていた。

しかしそれが度重なってくると、積み荷を奪われた荷主も――主に商人達だが――黙っていられなくなった。習慣法に反した形で財産が返還されたのならば、受け取るのは政府ではなく自分達であるべきだと主張し始めたのだ。

ニホンがティナエ政府に贈り物をしている訳ではなく、あくまで海賊を裁く上で必要な証拠物件として引き渡しているというのも、彼らの言葉を後押しする形になった。

問題は海賊達から押収された財物の多くに、元の持ち主の名前がないこと。樽や木箱に所有者名が焼き印されている場合を除くと、誰のものであったかを知る術がないのだ。

そこにゴリ押しの余地が生まれる。政治力によってその所有者を決めることになる。

それ故に今のティナエ政庁、特に十人委員の間では、それぞれ後援者の陳情を受けた委員達が口舌《こうぜつ》の刃で切り結ぶ激しい暗闘が行われていた。

カイピリーニャは背後の商人を睨み付けて黙らすと、再びシャムロックに言った。

「俺は情けないぞ。政府が一丸となって海賊と対峙していかなくてはならないこの時期に、その体たらくは一体何だ⁉」

「誤解するな！　この時期だからこそ、仲間割れを防ぐために分け前を話し合っておかなくてはならないのだ！　そもそもこれらは全て君達海軍が不甲斐ないから起きたことではないか！」

「我々のせいだと？」

「君達が海賊を退治していれば、商人達も習慣法に基づいて諦めていただろう？」

「確かにそうだな。しかしシャムロック十人委員、あんたがそれを俺に向かって口にするのはいささか問題があると思うぞ。何しろ、あんたは事あるごとに俺の艦長就任を邪魔してきたんだからな！」

「邪魔とは何のことかな？」

「惚《とぼ》けたって無駄だ！　ナタリア号の時も、オデット号の時も……あんたが艦長人事に横槍を入れたってことは分かってる！　俺から働く機会を奪っておいて、役に立ってない、不甲斐ないなんて詰《なじ》るのは理不尽が過ぎるってもんだ……違うか？」

「私が言っているのは君個人のことではないのだが……しかも君がいないだけで戦果を

上げられない海軍など、罵るに十分値するな。それに私は約束を果たして、ちゃんと君に新鋭艦を与えた。エイレーン号はいい船だろう？」

「もちろん、エイレーンは佳い女だ。しかし散々待たせた揚げ句、今になってやっとのことだろ！　しかも十分な装備と十分な人員が与えられていない。海軍には、海賊に対抗できるだけの武器が今すぐ必要なんだ！　俺だって存在しないものを寄越せと強請《ねだ》ったりはしない！　ティナエの財管倉庫にそれはあるんだ！」

「なるほど、艦長が何を言おうとしているかようやく見えてきたぞ……君は大砲のことを言っているのだな？」

「そうだ。押収品の大砲を海軍に引き渡してくれ！　今艤装《ぎそう》中のエイレーン号にそれを搭載したい！」

「ダメだ」

「どうしてだ!?　あれさえあったら海賊達と互角に渡り合えるようになるんだぞ！　そうなれば余所からやってきた他国の軍隊にでかい面されることもなくなる」

　すると商人が首を傾げた。

「ニホン人がでかい面をしているとは思えないが？」

　ニホン人は強い軍隊の兵士にありがちな傲慢《ごうまん》さがない。ティナエでも行儀よく振る舞いトラブルを起こすことがほとんどないのだ。

　商店で買い物をしても飲み屋に行ってもニホン人は現金払いで気前がいいと商人の間でも評判で、ティナエ海軍の兵士達なんかよりもよっぽど好印象なのである。

　現在ティナエで彼らを嫌っているのは色街の女達くらいだろうか。いくら誘いをかけても店の前を素通りするだけだからだ。客にならない男の評価が下がるのは当然だった。

　カイピリーニャの自衛隊に対する評価が低いのも実はそのせいであった。

　この男は、色街の女との付き合いが深いからニホン人の悪口をよく聞かされる。だからどうしても『嫌な奴』とか『気取っていて、生真面目過ぎて付き合い難い奴ら』と思ってしまうのだ。

　これがティナエ海軍の兵士達ともなると、自分達に出来ないことを易々とやってのけることへのやっかみが加わるから被害妄想的になる。そのせいで、ニホン人がでかい面をしていると思えてしまうところがあった。

「なるほどな……艦長、君の心情は理解した。しかし、海賊どもの多くは未だに容疑者の立場だし、船や押収品は裁判が終わるまで証拠として保管する必要がある。もちろん大砲だってその一つだ。我々が勝手に使用することは出来ない」

「さ、裁判？」

「そうだ。今、海賊どもを裁判にかけて裁《さば》いている最中なのだ。これが結審するまでは奴らは犯罪者ではなく容疑者として扱わねばならない。当然、押収した物品も勝手に処分することは出来ないということになる」

「十人委員、それは本気で言ってるのか？」

「もちろんだ。これはニホンから助力を得るにあたって約束させられたことの一つでな……」

その事実を初めて聞いたカイピリーニャは、驚きに目を見開いた。

「し、信じられない。そんな無意味なことをしていただなんて……」

「もしかして知らなかったのか？」

「もちろんだ……」

カイピリーニャは愕然とした。

これまでは、海賊を捕らえると基本的に縛り首にしていた。しかも即決裁判で即執行というのが当たり前だった。だからカイピリーニャは当然同じやり方で既に刑が執行されたものだと思い込んでいたのである。

唖然とするカイピリーニャに対し、シャムロックはその習慣の変更をニホンから強く求められたのだと説明した。

海賊達を処分するのはもちろんティナエの法に基づく。しかし裁判は厳正に行われなくてはならない。厳密な調書と証拠に基づいた形で判決が下されなくてはならない。

その方針は、ニホンがティナエという国の置かれている状況に介入する上で必須条件だったのだ。

「まさか海賊どもから一人ずつ調書をとって、裁判官を前に検察官が証拠や証言を並べて斯々然々《かくかくしかじか》、故にこの男は罪人でございと弁舌垂れて、弁護人が反論してってやってるのか？」

「もちろんだ。そうした手続きを踏んで初めて悪人どもを処刑できるって訳だ」

「馬鹿か!?」

「だが、それが法治国家というものだ」

「分かった。それなら別にいい、勝手に裁判ごっこをやってろ。俺が求めているのは大砲だ。それくらいなら問題ないだろう？」

「ダメだ。例外はない」

あれもダメこれもダメという現実を前に、カイピリーニャは頭を抱えた。

「そんなんじゃいつまで経っても俺の艦に大砲を搭載できない！　せっかく大砲を積める設計にしてあるってのに……」

「だから大砲の入手方法を探っているところだ。実は今、ここでしていた話もそのことなのだ」

「なんだと？」

ようやく自己紹介の時が来たとばかりに、商人は改めてカイピリーニャに恭《うやうや》しく一礼した。

「私はマッカラン商会のグエンと申します」

「彼に大砲を入手できないかと相談をしていた」

「大砲の入手……財宝の山分けではなく？」

「もちろんそれも大事な議題だ。それらも含めて同時に事を進めるのが私の流儀だ……」

「しかし、ただ大砲がありゃいいって訳じゃないんだぞ⁉」

するとと商人グエンは言った。

「パウビーノと呼ばれる魔導師の件も、もちろん承知しております。流石に今から少年少女達を集めて養成しようとしても間に合いませんが、代わりに腕の立つ魔導師をご用意いたしましょう。では十人委員、ご依頼の件、我がマッカラン商会がしかと承りましたぞ」

既に話は終わっていたと悟ったカイピリーニャは慌てた。

「待ってくれ。参考までにどうやって大砲を入手するつもりか聞かせてもらえないか？」

「さして難しいことではありません。海賊が手にしたなら、たとえ大砲のような貴重な品でも必ず闇市場に流れます。なので、そこから調達いたします。もちろんそれだけで必要を満たすことは出来ないでしょうから、横流し品を原型にして複製を拵《こしら》えます」

「そうか、横流し品と複製か」

「我が商会は、対価をご用意いただければどんなものでも入手してまいります。資金さえご用意いただけるなら、帝都の皇城ですら……がモットーです。では今度ともよい取引をお願いいたしますよ」

グエンはこれでもう話は終わったとばかりに一礼して部屋を出ていった。

「十人委員……申し訳なかった」

結局のところシャムロックは、海軍の要望を叶えるべく既に動いていたのだ。それを知ったカイピリーニャはシャムロックに頭を下げた。

冷静になり自分がどれほど非礼なことをしたのかが分かったようだった。

「気にしないでいいぞ、艦長。君のいささか乱暴に過ぎた行動も、国を憂えてのことだと理解しているからな。それにこれを機会に、私が君の艦長就任を邪魔し続けてきたなどという疑念も払拭してもらいたいものだ」

その言葉に含まれる意味をカイピリーニャは理解した。それとこれとを合わせて帳消しにしろと言っているのだ。

カイピリーニャはその言葉を受け容れるしかなく、無言で頷く。

「それにだ、艦長。君は裁判を面倒事だと思っているかもしれないが、よい点も多々あるんだぞ」

「それは？」

「例えば、捕らえられた海賊の中に、自分達はアトランティアに使嗾《しそう》されて海賊行為をしていたと自白する者が現れた。アトランティア王宮の誰某《だれがし》に会って支援を受けたとかな。即決裁判で処刑していたら得られなかった証言だ」

「そんなことを言う奴は前からもいたぞ」

「だが、船長クラスでそれを口にする者が現れたんだぞ。しかも一人じゃない、何人もだ」

「なんだって!?」

「証人になるから、罪一等を減じてくれと言っている」

これまでにも、海賊達の背後にアトランティアがいるという噂は幾度となく流れたことがある。しかし稀に口にする者がいても、縛り首を逃れたい一心で、でまかせを言ったと思われることがほとんどだったし、手がかりに欠けるところもあり真面目に受け取られてこなかったのだ。

「船長クラスの人間が揃って同じ証言、同じ人物の名を出したとなると、あながち嘘とも言い切れなくなるな。で、政府としての対応は？」

「もちろんこれが真実ならば、抗議しなければならん。そのために我々は外交使節団を送ることになった。アトランティアの女王《ハーラム》に証拠を突きつけて、ぎゃふんと言わせてやるんだ」

威勢のよいシャムロックに対し、カイピリーニャはどこか懐疑的だった。シャムロックが功《こう》を焦っているように感じられたからだ。

「あの女がそれくらいで白状するタマか？」

「もちろん我々だけでは無視される可能性が高い。だからシーラーフ侯爵家にこの使節団に加わっていただくことにした」

「なるほど！　侯爵家は、世継ぎを海賊に殺されているからな。あまりに態度が悪ければ全面戦争を仕掛けかねない。ティナエの統領《ドージェ》とシーラーフの使節を同時に相手にするとなれば、たとえあの女王《ハーラム》でも相応に対応するしかなくなる訳か」

「ああ。これで海賊問題の根を断つことが出来る」

「なるほどな……で、その使節団を運ぶ船は、当然俺のエイレーン号なんだろうな？」

計画を聞いたカイピリーニャは、面白いことになりそうだとほくそ笑んだ。そして自分にも一枚かませろとシャムロックに迫る。

しかしシャムロックは、船はもう決まっていると素気《すげ》なく断り、カイピリーニャをまたしても悔しがらせたのである。

01

メギド島はアヴィオン海西方にあるクンドラン海との境に位置する珊瑚礁《さんごしょう》の一つだ。

二つの海のほぼ中央という立地、そして複数の環礁州島《かんしょうすとう》と、船が停泊するのに適した環礁湖も存在することから、海運の要地には打ってつけだった。

だが海図にはその島の名前は記されていない。陸上国家にはまだその存在を知られていないからである。

それは珍しいことではない。そもそもこの世界では人々に知られていない島が無数に存在しているのだ。

『メギド』とはトリトー種と呼ばれる海棲竜人族の部族名だ。

この種族は肌にきめ細かな鱗があり、棲息域によって様々な色をしている。アヴィオン海南西方面の海域では、熱帯魚のような鮮やかな色合いの肌の者が多い。

男女ともに半人半魚ではなく脚がある。アクアスのようなヒト種に類似した海棲亜人種族とは外見からして大きく異なっていた。

メギド族は、この島を含んだ周辺の海底を縄張りとする原始的な部族国家を形成し、海面より上で起こることに対しては基本的に無関心を決め込んでいた。

彼らは知性こそ高いが、海中で火を扱わない原始的な生活を送っているため、道具の類を自作することが難しい。だから船が沈んだ際に積まれていたものを生活に取り入れてきた。時折海底へと落ちてくるそれらを、彼らはある種の恵みとして受け止めていたのだ。

しかし、そんな彼らの生活も時代の流れとともに変化していく。それは一人の商人との出会いからであった。

きっかけは一つの刑罰だ。

とある行商人が詐欺を働き、被害者達の私的刑罰として、小舟と呼ぶのも躊躇われるような筏《いかだ》にその身体を縛り付けられたまま海に流された。生か死かの判断を四海神に任せようというのだ。

彼はしばし波間を漂うも、その命は風前の灯火だと思われた。真水もなく、食料もなく、身体が半分ほど浸かる海水に体温を奪われていけば、後に残るのは死だけだ。

しかしそんな彼を助ける者が現れた。

メギド族である。部族の中の一人が、気まぐれに彼を救ったのである。

義理堅い詐欺師は、助けられた礼としてメギド族と取り交わした約束を守った。

それはメギド族の珊瑚礁に定期的にやってきて、彼らが海底から拾い集めた品の中で不要とするものを適正な値段で引き取ること。代わりに彼らが求める品物を運んできて、格安で提供するというものである。

この取引は当初、半年に一度の頻度で行われていた。

定期的に文明の利器を入手できるようになったメギド族は、その生活を劇的に変化させた。

彼らは陸上で火を使うことを覚え、食べ物を煮炊きするようになった。鍋釜、食器を用い、衣服を身に纏《まと》い、青銅や鉄を用いた武器を手に戦い、漁の道具で効率的に獲物を捕らえるようになったのだ。

取引の頻度は、彼らの生活が向上するとともに、二月《ふたつき》に一度、一月《ひとつき》に一度と増えていく。

行商人も彼らの求めに応じるため多くの品々を運んだ。

やがて取引の場であるメギド族の珊瑚礁に、行商人でもメギド族でもない者の姿が交じるようになった。海賊である。

海賊は出所不明の商品を売りさばける商人を探していた。それをメギド島に見出したのだ。

海面より上の出来事にはあまり関心のないメギド族は、海賊であっても鷹揚《おうよう》に受け容れた。

やがて商人は、一人で荷を運ぶ行商人から大きな店を構える大商人に出世した。すると彼の成功の秘密を暴こうと、小商いの行商人が次々と島に集まり始めた。

いつしかメギド島はブラックマーケットとして裏の世界で知られるようになる。そしてついには、商人が店を構えて常駐する町が形成されたのだ。

海賊達はこの島で、奪ってきた品物や捕虜を金貨、銀貨に替える。そして航海に欠かせない水や食料、あるいは武器を仕入れる。

人生を楽しむための酒と女、博打も欠かせない。

そうしたものを提供する施設が整備されていき、いつしかメギドの島は官憲の手が届かない無法者の楽園となったのである。

「あと少し、あと少しだ……よし、今だ！」

オディール号の船長であるドラケは、背後からの追い風を受けながらメギド島の環礁湖に入ると、周囲に浮かぶ船との位置関係を勘案しつつ、操舵長に舵を切るタイミングを伝えた。

合図で舵を切ると、オディール号は急速に左旋回でUターンし、風上に向かう。正面からの風を浴びた帆は、普段とは逆向きに膨らむことになる。これを「裏帆を打つ」という。

こうすることによりオディール号の船足は急速に減じていった。そして今度は逆向き、つまりバックで進み始めたのである。

「よし。帆を下ろせ！」

ある程度後進の勢いがついたところで、ドラケは乗組員達に帆を畳ませた。

すると船は推進力を失って惰性でバックを続ける。当然、海水の抵抗でその速度は減じていくから、やがて船は静止する。

しかしこの時、オディール号はただ止まった訳ではなかった。ピタリと桟橋の傍らに位置していたのである。

「相変わらず惚れ惚れする操船だねえ」

無駄のない一連の動きに、熟練の船乗り達は嘆息する。

ここまでの船の動きを口で語るのは容易いが、何十人という男達に指示をしながら船の微妙な動きをコントロールするのは簡単なことではないとみんな知っているのだ。

「スプーニ航海士！　後は任せるぞ」

配下達の賞賛の視線を浴びていることを知ってか知らずか、ドラケは桟橋との繋留作業をスプーニに任せると船内へと戻ったのだった。

「船長、入港作業終わりました！」

ドラケは航海士のスプーニから舫いを結わえ終えたという報告を受けると、船長室から顔を出してその実施状況を確かめた。

舷側から桟橋に綱が結ばれ、舷梯もしっかりと固定されている。

ドラケは頷くと声を張り上げて乗組員達に告げた。

「よし、半舷上陸を許可する！」

「よっしゃー！」

すると海賊達が一斉に歓声を上げた。

半舷上陸とは、乗組員を半分に分け、半分ずつ上陸して休養をとることだ。非番の者は直ちに船を降りる準備を始める。皆この時を楽しみにしていたのだ。

そしてそれは船長のドラケも同じであった。

彼もまた身支度をしていた。長い航海で汚らしくなった姿を、見かけだけでもよくしようと整える。

衣装櫃《チェスト》をひっくり返して比較的マシな衣服を探す。海では真水は貴重品であるためよっぽど汚れない限り洗濯はしない。そのため清潔な服はなかなか見つからなかった。

そしてそれらの作業を、船長室の戸口に立ったオディールがうんざり顔で眺めていた。

「何をしてるのさ、ドラケ！」

「決まっているだろ？　おめかしだよおめかし」

オディールだって子供ではないから理由は分かる。

ドラケの奴は真っ直ぐ娼館にしけ込むつもりだ。だから女達の受けがよくなるようにと少しでも見栄えを整えているのだ。

めかそうとめかすまいと、やることは同じだろうと思う輩は男を廃業したほうがよい。色街では確かに金銭の媒介で関係が結ばれる。しかしながら互いに生きている人間であり、感情もあればプライドもある。こちらが相手を道具として扱えば、相手もこちらを道具とみなす。疑似的であっても情を取り交わす努力を見せないと、身体の乾きは潤せても心の飢えはかえって増すばかりなのだ。

「……行くぞ、オディール！　もたもたしてるとメアリが他の奴に買われちまう」

散々人を待たせた揚げ句に船長室を出たドラケは、まるでオディールが遅れた原因でもあるかのように言った。

「待たせたのはあんたじゃ……」

「急げ急げ！　行くぞ！」

皆まで言わせてもらえず、オディールは頬をぷうと膨らませたのであった。

桟橋から船へと渡るための舷梯が掛けられた舷門《げんもん》の前には、パウビーノの少年少女達十一人が集まっていた。

みんな上陸を心待ちにしていたのか楽しそうだ。子供だから落ち着いてなんかいられず友人と指で突《つつ》き合ったり、お喋りをしたりしている。

彼らはドラケの姿を見つけると声を揃えて言った。

「ドラケ！　食事に行こうよ！」

「メシか？」

子供達からの誘いにドラケは逡巡《しゅんじゅん》した。彼の脳内予定表には、『真っ直ぐ女のところに行く』と書いてあるのだ。

「みんな、諦めな。ドラケの奴はこれから女のところに行くんだ！」

オディールがからかうように言うと、皆が不平不満の声を上げた。

「えええっ！」

「女ならオディールがいるじゃん。ドラケはオディールと遊んでればいいんだよ！」

パウビーノの中で年長の少女がそんなませたことを言う。

普段なら生意気な奴だと叱りつけるところだが、オディールもドラケの答えが聞きたくて返事を待った。

「俺は部下や身内とは遊ばない。けじめが付かなくなるからな！」

しかしその答えはオディールにとってはいささか寂しいものであった。

「なんだあ、それならあたしが相手してあげようか？　あたしはこの船の乗組員じゃないし」

するとパウビーノの童女が妖艶《ようえん》に誘った。

「あと十年くらいしたら頼むよ……」

ドラケは将来に期待を繋ぐ言い方で童女のプライドを守った。

「とはいえみんなの希望は分かった。仕方ない、まずは一緒に飯に行こう。女のところに行くのはその後にする」

「やったあ！」

子供達は歓声を上げて喜んだ。

しかしそんな中、騒ぐでも誰かと話すでもなく一人佇む少女がいるのをドラケは見逃さなかった。

「よう、どうだ？　みんなと馴染めたか？」

「まだ……」

「そうか。ま、昨日今日来たばかりじゃしょうがないな。ゆっくり馴染んでいけばいい」

ドラケはパウビーノ達を引き連れるとメギド島の埠頭に降りた。

埠頭では、商人相手にオディール号の事務長が価格交渉をしていた。

「小麦、酒、たばこ、香辛料、それと銅の延べ板が少々か。香辛料以外はしょぼいな……全部合わせても二百がいいところだぞ」

商人は鹵獲品《ろかくひん》のリストを読み上げながら後ろ髪を指で掻く。すると事務長は言った。

「安い。三百にしろ」

「無理だ、せいぜい二百がいいところだ」

商人は頑として事務長の主張を認めようとしない。

その態度があまりにも強情なので、事務長の傍らに立って話を聞いていたパンペロが口を挟んだ。

「お前やけに強気だが、それはダーレル達が戻ってきた時のことを考えての額か？」

「そうだ。もう少しすればダーレルの奴らがやってきてこの埠頭は久しぶりの盗品で溢れるはずだ。そうなりゃ値は下がるのが道理ってもんだろ？　その時になったら、お前らも二百だって良心的な値段だったたって思うだろうさ」

商人はそう言って嗤った。

「なるほど、ダーレルか」

「そうだ。ダーレルだ……」

「だがな、奴ならきっと来ないぞ」

「なに？」

「実は襲撃の最中に飛船が現れてな。飛船の噂はお前も聞いたことがあるだろ？」

「あ、ああ。何でも異世界から送り込まれてきた船だと聞いたな……帝国すら手玉にとったニホンの魔法装置を搭載した船だとか？ だが所詮は噂だろ？ 奴らの姿を見て生きて帰ってきた海賊はいないんだからな。少なくとも俺は見たという奴に会ったことがない」

「だとすれば、俺達はその最初の例になる」

「見たのか？」

「見た。ドラケの勘働きのおかげで俺達は捕まる前に逃げることに成功したんだ……だがダーレルの奴は、ドラケの警告を聞かなかった。奴らは欲をかいて最後の最後まで獲物を追ったんだ。ブラドの奴もそうだ。奴らは今頃きっと……」

縛り首になっていることを示すように、パンペロは自分の首に手をかけて見せた。

「分かった、それじゃあ三百で……」

商人が慌てて取引の値段を引き上げようとする。その瞬間ドラケが子供達の群れの中から口を挟んだ。

「事務長、四百で手を打て」

「ラーラホー船長、四百ですね!?」

その言葉に商人は天を仰いだ。だが、他に商品を持ち込んでくる者がいないとなれば売り手が強いのが道理だ。にんまりとほくそ笑む事務長とクォーターマスターを前に、商人は景気の悪そうな顔をしてドラケの言い値を呑むしかなかったのである。

無事に取引が終わったことを見届けたドラケは、そのまま埠頭から町へと向かった。子供達と一緒に飯を食わねばならないのだ。

だがその時、船から彼を呼び止める声があった。

「船長、明日の朝食はどうするんです!?」

振り返って見上げると、舷側から身を乗り出した司厨《しちゅう》長パッスムの姿があった。

一般の乗組員と違い、船長の料理は司厨長が作る。それがアヴィオン海の習慣だ。そして船長は航海士といった士官達を相伴《しょうばん》させるから、彼らの分も司厨長が作ることになるのだ。

ドラケは大声を張り上げて答える。

「陸《おか》で食うよ。お前も今夜は休むがいいさ！」

「ありがとうございます。そうさせてもらいます」

パッスム司厨長は片手を挙げて礼を言ってきた。

するとオディールが囁く。

「ああ、よかった。あいつの飯を食わずに済んで」

「どうした？」

「あたい、あいつのことが嫌いなのさ」

「そんなこと、日頃の態度を見りゃ分かるさ。だが、どうしてだ？」

オディールは周囲にいる子供達に聞こえないよう声を潜めた。

「あいつ、態度に表裏があるんだ。前も事務長の食いものに雑巾の絞り水を入れて
て……」

「本当か!?」

さすがにドラケも驚いた。

「ひでぇことするなあ。事務長にそのことは？」

「言うわきゃないよ。あたいはチクるようなことは嫌いだからね」

「けど、俺には言ってるじゃないか？」

「あたいが知っていることを、ドラケが知らなくてどうするのさ？　船のことは何だって知ってるのが船長なんだろ？」

「そりゃそうだが……」

ドラケはどうしたものかと思案顔になった。

司厨長と事務長の確執は船内で知らぬ者はない。食事の材料費をもっと出せと迫る司

厨長に対し、財布の紐が固い事務長がダメと断り続ける。そんな言い争いを皆が目撃しているのだ。

しかし事務長には事務長の言い分があるし、司厨長には司厨長の言い分がある。

事務長は少ない予算をやり繰りしなければならない立場であり、司厨長は少しでもよいものを乗組員に食べさせてやりたいと苦心する。だからこその対立なのだ。それだけにドラケとしてはどちらか一方に肩入れすることは難しかった。

問題は、司厨長が陰でそういう意趣返しをしていることだ。

食べものに細工をするのは、食べる者に対する裏切りだ。今後安心して食事をとることが出来なくなってしまう。

「んでお前さ、それ見てただけか？」

「もちろんほっときゃしないよ。誰もいないところに奴を呼び出して、そういう行為は止めろと脅《おど》しておいた。今度同じことをやらかしたら全員の前で告発してやるってね」

「なるほど、だからここ最近の奴は、お前の顔を見るとおどおどしてる訳か……で、奴は何て言ってた？」

「もうしないって……口ではね」

「そうだな。これだけは誰にも確かめようがない」

するとオディールも困り顔となった。

「だから気が気でないんだよ。あいつ、あたいの食いものにも細工してるかもしれない。ドラケ、あいつは頃合いを見て船から追い出したほうがいいよ」

「だが、奴のメシが美味いのも確かでな……代わりに任せられるような料理人はなかなか見つからない」

「安心できない美味い料理と、安心して食える不味い料理、ドラケはどっちがいい？」

「そりゃ、多少不味くても安心できるほうだが……」

とはいえ食事が不味いのもダメだ。乗組員に不満が溜まる。オディール号が海賊の船にしては雰囲気が荒《すさ》んでいないのは、飯が美味いというのも大きな理由なのだ。

上手い対策が思いつかないドラケは、うーんと唸りながら腕を組んだのだった。

「あんな奴、追い出しちまおうよ」

「でもなあ……」

ドラケは、オディールが提起した問題への返答を濁しながら、まずは食事をするため通い慣れた町へ向かう。

だが目的地と定めていた店に向かう途中で足を止めることになった。

「あれ？　あそこって、普段あんなに賑わってたか？」

街路の端に広場がある。そこに大勢の海賊や故買商人達が集まっていた。あそこには『海猫食堂』という名の店があったはずだとドラケは記憶している。

食堂といってもテーブルが並べられているのは屋根のない広場で、料理をする調理場だけが屋台のような小さな小屋の中にあるというものだ。

口さがないオディールは言う。

「あんなくそ不味い飯屋に行列が出来る訳ないじゃないか」

海猫食堂は、財布の中身が乏しくて、食えるものなら何でもいいというような連中が訪れる店として知られていた。

当然、出される料理も値段相応だ。野菜らしき物体、強い匂いを発する発酵食品、肉らしき物体に火を通したと思われるものが木皿に盛り付けてあるだけ。味なんて二の次で、肉ももともとの素性が何なのか怪しかったりする。

だがこの島には、それでもいいから食わせてくれという人間が大勢いる。船で問題を起こして追放された海賊崩れ、故郷を追われた凶状持ち、大損をして食費を切り詰めなくてはならなくなった行商人。島にはそうした訳ありもたくさんいるのだ。

当然、海猫食堂自体も雰囲気は暗くうらぶれている。

テーブルは傾いていて、側を通っただけで音を立てて軋む。

食べものを盛り付けている木皿だって、「ちゃんと洗ったのか？」と尋ねたくなるほど汚れている。間違っても大勢の客が押し寄せて活気付くような店ではないのだ。

「なら、俺の目に見えるあれはなんだ？」

しかしドラケの目に映ったのは、大勢の人間で賑わっている光景だった。

広場のテーブルは客で一杯、順番を待つ者が列を成している。そして客達は出された料理を一心不乱に食っていた。その食べっぷりは不味くても空腹を凌げればいいという感じではなかったのだ。

「そういえば、変だね」

オディールも不思議がって、以前の記憶との違いを探し始めた。

すぐに気付いたのは、次々と押し寄せる客を捌くための給仕がいることだった。

以前は店の親父がたった一人で料理と給仕を兼ねていたのだが、今は壮年の男と蒼い髪の少女が給仕に加わっている。しかしその少女が大行列の原因とは思えない。若くて美しくはあるが、海の男達は妖艶さのほうを強く求める傾向があるからだ。

「あの女が目当て……ってこともなさそうだしねえ」

オディールとドラケは、その不思議な賑わいに興味を引かれ、海猫食堂へと向かったのであった。

「おい、親父……」

ドラケは、初老の男を見つけると歩み寄った。元海賊船の司厨長で、現海猫食堂の店主だ。

かつてはこの男が一人で切り盛りしていたのだが、今は料金の徴収を担当していた。

「おお、ドラケじゃないか。久しぶりだな」

「どうなってんだ親父。この店はこんなに大勢が集まるようなとこじゃなかっただろう？」

「ああ、ここは最低限の銭で腹を満たせる。そういう店だった」

「じゃあ何だってこんなことになってる？」

「実は、腕のよい料理人が来てな」

店の親父はぐっと立てた親指を、そのまま屋台にある調理場に向ける。

見ると若い男が忙しそうに働いていた。どうやら、その男が原因らしい。

男は額に汗を浮かべながら、炎を相手に懸命にフライパンを振っていた。そしてその周囲を、他の船長連中が取り囲みながら盛んに声を掛けていた。

「おい、トクシマよお。こんなところで働いてないで、俺の船の料理人にならんか？」

「すみません、人を探しているので」

「いや、その娘が見つかるまででいいからさ。どうせこの島にいるなら給料が高いほうがいいだろ？　なんだったら、その人探しを俺達が手伝ってやってもいいんだぜ」

「いえ、ここの店で探すと決めています」

「なんでだよ!?」

だがその時、蒼髪の娘が船長達の前に立ち塞がった。

「五月蠅《うるさ》い奴らじゃのう。食事が出来るのを待っているなら大人しく席に着いているがよい」

「何しやがる、こっちは客だぞ！」

押しのけられた海賊船長の一人は、小柄な娘を睨み付けた。子供など一目見ただけで大泣きをしそうな殺気をはらんだ視線だ。

しかし蒼髪の娘は臆する素振りがまったくない。銀色に輝くトレイを胸元に引き寄せると、船長と対峙した。

「客というものは少なくとも料理人の仕事を邪魔したりはせぬ。しかもお前達は躬《み》の邪魔すらしておる。おかげでハジメが料理を仕上げても運べぬ有り様じゃ。このままではせっかくの料理が冷めてしまう。勧誘に熱心なのはよいが度が過ぎるとお前達も出入り禁止にしてくれようぞ！」

するとと船長達は怯えたように後ずさった。

「で、出入り禁止だと？」

「そ、それは困る」

「分かった、分かったから！」

出入り禁止の一言が効いたのか、それとも別の何かを恐れたのか、船長達は這々《ほうほう》の体《てい》で席へと戻っていった。

「ずいぶんと威勢のいい娘っ子だな」

ドラケは面白そうに笑った。

男達はドラケの知らない顔だから、海賊船長としては駆け出しに違いない。ただいま売り出し中だからこそ、舐められまいと過度に粋がる。余裕がなくてすぐに暴発する。ちょっとしたメンツにもこだわって、簡単に流血騒ぎを起こしてしまうのだ。

「いや実際、生意気な小娘だって船刀《カトラス》を抜いた奴もいるんだ。ところがあの娘、あの細腕で結構強くてな、銀色に輝くトレイを一閃させて、海賊の首を刎《は》ねちまった」

「首を？」

「ああ、実に見事なもんだった」

以来、海賊達は彼女に一目置いているという。

「へぇ……」

しかも客あしらいは上々で、丁寧に接する分には丁寧な応対が返ってくる。

「おかげで俺のやることがねえときた」

「楽できて儲けられてるんだろう？　いいじゃねえか」

店主は面白くなさそうだった。

「けどなあ……」

どうも、暇で暇で仕方のなかった昔の店を懐かしく思っている様子だ。店主にとって海猫食堂は引退後の道楽、あるいは趣味とでも言うべきものだったのだろう。

そんな話をしている間に、客席が空いてドラケ達の順番が回ってきた。

ドラケとオディールは、パウビーノの子供達とともに二つのテーブルを取り囲んだ。

「で、何にする？」

蒼髪の娘に問われたドラケは菜譜《メニュー》を見た。

菜譜《メニュー》の内容は至ってシンプルで、肉料理、魚料理、野菜料理の三種類だけが記されていた。ただ、そこにある料理はどれも馴染みのない名前ばかりだ。

「よく分からないな。ただ肉は食い飽きたから、別のものを食いたい」

船で出る食べものと言えば、塩辛い肉、乳酪、そしてカチカチに硬いパーニス《パン》と相場が決まっている。もちろんパッスムは、司厨長として船長に酷いものを食べさせるようなことはなかったが、材料が手に入らないという状況では努力にも限界がある。

「よかろう……そこの黒いのはどうじゃ？」

蒼髪の娘はオディールに視線を向けた。

「あたいはそうだねえ。出来れば魚が食いたいかな？」

「分かった。魚じゃな。他の者も揃って手を挙げているが、全員それでいいのじゃな？」

子供達はうんうんと頷いた。

「ではみんな行儀よく待っているがよい」

蒼髪の娘はそう言い残すと、テーブルの間をあたかも踊るような軽やかさで屋台へと戻っていったのである。

程なくして蒼髪の娘と中年男の給仕が、二人がかりで十三人分の料理を運んできた。

「出来たぞ。温かいうちに食するがよい」

ドラケとオディールの前に置かれた皿には、パーニスに似た何かが載せられていた。

他には野菜、根菜を茹でたもの、琥珀色に透き通ったスープなどがある。

「なんだこれ？」

「試してみるがよい」

よく見ると、パーニスにしてはいい匂いがする。香ばしいパーニスの香りだけでなく海産物を焼いた匂いも混ざっているのだ。

ドラケは小刀を手にすると、パーニスに突き立てて表面を破ってみた。

「こ、これは」

すると、驚いたことに、中に小魚が入っていたのだ。

この料理はファンフというワカサギに似た小魚を包み焼きにしたパイなのである。

「かけてあるソースを絡めるようにして食すと美味いと思うぞ」

「あ、ああ……」

勧めに従い、魚を含んだパイ生地を一口サイズに切り分け口へと運ぶ。

すると食べた瞬間、魚の旨味をたっぷりと含んだパイ生地、更にソースの味が渾然一体となって口の中に広がっていった。

「う、美味い……」

ドラケは絶句する。そして数秒後には、勢いに任せてガツガツと食らい始めた。

オディールもまた、若い男の料理に感心して目を輝かせている。

一心不乱になって全てを食し終えた二人は、息を合わせたように席を立ち、調理場のある屋台へと向かった。

「あんた、いい腕だね」

料理を出し入れするための大窓から中を覗き込むと、オディールは料理人に声を掛けた。

「名前は？」

「トクシマ……徳島甫《とくしまはじめ》」

会話の間も料理人は手を休めない。視線や意識のほとんどを手元へと向けている。意識の九割を調理に、残りの一割でオディール達に対応しているという感じであった。

「どっから来たんだい？」

「ティナエですよ」

「人探しをしているって小耳に挟んだんだけど？」

「彼の娘です」

この時、初めて徳島は顔を上げた。そして給仕係の中年男に視線を向ける。

「あの蒼髪の娘は違うのかい？」

「彼女は俺の仲間です」

「つまりあんたらは三人組ってことなのかい？」

「そういうことです。それであなた方は誰ですか？」

徳島が尋ねると、ドラケが答えた。

「俺はドラケだ。あそこにあるオディール号の船長。そして、こっちの娘がその船守りだ」

すると徳島は瞳を輝かせた。

「ドラケ……アヴィオン海の七頭目の一人として知られているあのドラケ船長？」

「お前さんの言う『あのドラケ』ってのがどんな奴かは知らないが、七頭目の一人ってことになると俺だろうな？　知ってたのか？」

「この島に来てからいろんな噂を聞いていますよ。ドラケ船長のような配下の多い方には、是非一度お会いしたかったんです」

「へぇ。で、俺なんかに会ってどうしようってんだ？」

「実は伺いたいことがあるのです」

「言ってみな」

「俺達は彼の娘を探しています。歳は十二歳。髪は薄い栗色。瞳は翠《みどり》。母親が美人だったって聞いてますから、その子も間違いなく美しい少女のはずです」

ドラケは困惑した。

「どうしてその娘のことを俺が知っていると思うんだ？」

徳島はドラケの疑問に直接答えようとはせずに話を続けた。

彼はかつて結婚していた。しかし離婚した。理由はおそらく元妻が彼の性格に辟易《へきえき》としたからだと思われる。あの男は悪い人間ではないのだが、周りの人間をとても疲弊させるところがあるのだ。自分ですら時々嫌になるのだから、彼の元妻に至ってはさぞかし神経がささくれたに違いない云々……悪口を言っているうちに、徳島は腹蔵《ふくぞう》していた感情が刺激されたのか、だんだん饒舌《じょうぜつ》になっていく。

「分かった分かった！　あの男がどれだけ嫌な奴かは分かったから先を続けてくれ」

「し、失礼しました」

だが彼の元妻は離婚した時、既に胎内に彼の子を宿していた。

彼の元妻は、一人で娘を産んで育てたのだ。

「おそらくは、あの男の性格が移らないよう配慮したんだと思います。子供のために」

だがその子供が幼い頃、突然行方不明になってしまう。元妻は我が子の行方を探したが見つからず、病に倒れて死んでしまった。

彼がそのことを知ったのは、別れた妻から十数年ぶりの手紙が届いたから。元妻は自分の余命が幾ばくもないことを告げ、娘の捜索を彼に託した。彼はその手紙を読むと、会ったこともない娘を探す旅へと出かけたのである。

自分達はまあ、その巻き添えのようなものだと徳島は語った。

「なるほどな……だが、その子を探す旅を始めた理由と、俺との関係が分からん」

「その娘は、ささやかながら魔導の力を持っていたそうです」

「だから？」

「最近の海賊船には、そういった子供が多く乗り込んでいるそうですね？　パウビーノでしたか？　ドラケ船長の海賊団に、該当する少女はいないでしょうか？」

「ようやく理解できたぜ。だから俺に聞く訳だな？」

徳島は「はい」と頷いた。

「だがなお前さん、その程度の情報じゃ探しようがないぞ。よしんば似た境遇の娘がいたとして、どうやってその子だと確定する？」

「大丈夫です。子供というのは親に似るはずですから。彼ならば、母親によく似たその子を一目で見つけるはずです」

「そうかもな……で、その娘の名は？」

「トロワです」

その名を聞いた瞬間、ドラケは首を傾げた。彼の記憶にひっかかるものがあったのだ。

「ん？　どっかで聞いたことがあるな……歳は十二歳。髪は薄い栗色。瞳は翠。母親が美人だったからその子も美人、だったよな？　分かった、心がけておいてやる。料理人の兄ちゃん、美味かったぞ、ありがとよ！」

ドラケはそう言って話を切り上げると、オディールと子供達を引き連れて露天食堂を後にしたのだった。

02

昼飯の書き入れ時が終わると、どれ程の人気店でも客足が途絶える瞬間がある。料理人や店員の多くは、そんなタイミングに食事を取っている。

「今日は、カルパッチョだよ」

閑散とした店の中。左腕に二人分、右腕に二人分の賄《まかな》い料理を載せた徳島がやってきて、彼の仲間である二人の前に置いた。一人は徳島の上司である情報業務群・特地担当統括官の江田島五郎《えだじまごろう》、そしてもう一人はこの世界で最も若齢《じゃくれい》の蒼髪の亜神メイベル・フォーンである。

生の魚の刺身を橄欖油《オリーブゆ》と塩で味付けし、香辛料、香草などで香り付けしたものだ。

「カルパッチョですか。いいですね」

江田島は言う。

アヴィオン海とクンドラン海の境目に位置するメギド島では、穀物、野菜、豚や牛系統の肉はなかなか手に入らない。ここには農場もなければ家畜を飼う者もいないからだ。そしてブラックマーケットは正規の流通経路にないため、生鮮食料品を定期的に入荷することが難しい。そのため食事の内容も貧しくなりがちなのだ。

だが海産物に関しては話が違った。海に囲まれているのだから新鮮だし種類も豊富だ。工夫次第では、かなり豊かな食生活が堪能できる。

三人は一緒にテーブルを囲んで賄いを食べ始めた。

「メイベル、店主はどうしたんだい？　せっかく彼の分も用意したのに……」

徳島は首を傾げる。店主の姿がどこにもないのだ。

「あの親父なら、メシより酒だと言って酒場へと行ってしまったぞ」

「あの方にも困ったものです。仕事に対する熱意というものに欠けているようです」

言いながら江田島は、店主の分とされた賄いを摘み食いした。

「うん、とても美味しいですよ、徳島君」

「ありがとうございます、統括」

「それで、徳島君、今日の収穫はどうでしたか？」

「いろんな海賊船の船長から声を掛けられましたが、その中に海賊船オディール号の船長がいました」

「おお、ドラケ海賊団の頭目ですか⁉　彼の海賊団は割と早いうちに大砲を装備していたと聞きます。それだけ秘密の枢機《すうき》に近いところにいるはずです」

「で、どうしますか？」

徳島の問いかけに江田島は答えた。

「もちろん彼に近付くべきです。出来ることなら彼の船に乗り込みたいですね……是非、頑張ってください」

「なかなか難しいですよ。ドラケ船長からの誘いはありませんでしたからね。一応、統括の例のカバーストーリーは話しておきました」

カバーストーリーとは、江田島が自分の娘を探しているという話だ。

もちろん嘘で、パウビーノがどこに集められ、どこで訓練を受けたかを知りたがる理由としてでっち上げたものだ。だからトロワという少女も実際には存在しない。パウビーノと大砲はセットで扱われているのでパウビーノの出所が分かれば、自然と大砲の供給元も分かるだろうという狙いだ。

「大丈夫、君の料理の腕ならば、どんな船長も司厨長に迎えたがるはずです」

徳島達の目的は、先住民文化保護条約に抵触するような知識や武器を特地に広めようとしている者を見つけ出すことだ。

アヴィオン海で海賊が跳梁するようになった背景には大砲の登場がある。

何者かが組織的にこの世界に技術を移入したのだ。この世界にない技術の流入は特地世界のパワーバランスを崩し、大きな戦乱へと導きかねない。そのため条約で禁止されているような兵器類をこの世界に登場させようとする者を、なんとしても発見しなくてはならない。

「統括、俺は前から不思議に思ってることがあります。向こう側からやってきて、この世界の連中に大砲とか新兵器を作らせてる連中、そいつらはどうして火薬の生産方法を伝えようとしないのかなって……火薬さえあれば、魔法使いの少年や少女を使うなんてことをせずに済むでしょ？」

「ええ、確かに徳島君の言う通りです。しかし私はこの世界の何らかの仕組みがそれを妨げていると考えています」

「仕組み？」

「そうです。もしこの世界で禁忌《きんき》に触れようとすると……例えば火薬を製造しようとしたり、あるいは製法を住民に伝えようとすると、その仕組みが働いて排除されるのです」

「仕組みというのは具体的には何ですか？」

「様々な方法が考えられますが、その一つは亜神です」

徳島はその言葉を聞いて蒼髪の少女を振り返った。すると、メイベルは頷く。

「うむ。躬も含めた亜神達がその仕組みの働きを担っておる」

「そっか。亜神って、そういうものなんだ……」

「この世界における神々とは、世界の管理者のようなものだと私は理解しています。そしてそうした存在は、どうやら火薬の製法が伝わることを禁忌にしているのです。我々自衛隊は銃砲火器、弾薬類、爆薬を持ち込んで使用することは出来ました。しかし製法の伝達と製造の実施は容赦されていない。この世界では、いろいろなものに見えない枷《かせ》がはめられていて、それを壊そうとすると、亜神の手で物理的に排除されてしまうのです」

「でも、どうしてそんなことが分かったんですか？」

「閉門騒動で我々がこちらに孤立していた時のこと。陸上自衛隊は必要に迫られてアルヌスに精油設備を作り稼働させようとしました。しかしそれは上手くいきませんでした。その背後にロゥリィ・マーキュリーの暗躍があったからです。私は破壊活動に勤しむ彼女の姿をこの目で見ました。ですから間違いありません」

「そんなことがあったんですか？」

徳島は無邪気そうに微笑むロゥリィの姿を思い浮かべて唸った。あの幼げな少女の笑顔の裏には、暗く恐ろしい部分が隠されていたのだ。

「しかしこの世界では、鉄で出来た大きな筒の製法が伝わることは許容されているようです。故に大砲は製造されて海賊達に広まっていった」

「分かりました。大砲の製法を伝えた何者かは、火薬は用いずに魔導師の少年やら少女やらを使ってその枷を潜り抜けている訳ですね？」

「そういうことです」

徳島は深々と溜息を吐いた。

「どうせなら大砲の製造も排除してくれればいいのに……そうすれば俺達がわざわざこんなところまで出張るまでもなかった」

「こちらで禁忌が定められた理由は、我々が先住民文化保護条約を定めた目的とは異なっているはずですからね。この世界の神様に、我々人間の、しかも異世界側の都合に合わせてくださいと頼むのはおこがましいことのように思えます」

江田島はメイベルの表情を伺いつつ徳島にそう語った。

「統括？」

「なんでしょう？」

「我々が探しているその何者かはどこの誰で、目的は一体何なのでしょう？ 別に大砲を拝め奉る大砲教の信者が布教活動をしている訳ではないんでしょう？」

「もちろんです。そうだと決めつけてしまうことは危険ですが、おそらくはこの世界に混乱を引き起こし、我が国をその沈静に奔走、疲弊させることを目的とする銀座側世界の国家ないし組織です。それによって我が国がこの世界との交流で得る利益を相殺させる。更には、人的・物的資源をこちらに割《さ》かせることで、銀座側世界における防衛力を減殺する……というのも副次的目的に含まれているかと思われます。実際、我々海上自衛隊は数少ないはやぶさ型ミサイル艇をこちらに運び込まなければならなかった。それは日本海の守りが手薄になったということです」

「だとすると、その連中が広めようとしているのは、何も大砲に限らないんじゃないでしょうか?」

「もちろんです。銃砲火器、爆薬、航空機などなど、彼らの目的に適《かな》うなら大砲以外の様々な知識や技術をこの世界に撒き散らそうとするでしょう……いや実際に、試し続けている可能性が高い」

「禁忌に触れて排除されるのに?」

「だからこそ組織的に、計画的になされていると考えられます。禁忌の天網《てんもう》から大砲が零れ落ちてきているという事実が、それを裏打ちしています」

この世界における禁忌の発動は苛烈《かれつ》だ。抵触しようとする者は事前に警告を受けるが、それを無視すると容赦なく首が胴から離れてしまう。にもかかわらず、大砲のようなものが現れたということは意志を継ぐ者がいることを意味する。

「ロゥリィ達がアルヌスから姿を消したのはそういう理由があったんですね?」

「はい。それが統幕での見解です」

江田島はそう言って、徳島の推測を肯定したのである。

＊　　＊

翌日、オディール号では噂話が広がっていた。

曰く、海猫食堂がとんでもない美味い飯を出すようになっていたと。

「まさか!?」

当直のためにオディール号に残っていた者は誰も信じようとはしなかった。海猫食堂が、不味くてもいいから腹を満たしたいという客向けの店であることは皆が知っているのだ。

「本当なんだって！　俺も驚いたよ。お前も上陸したら行ってみればいい」

「信じがたいな、みんなして俺を担ごうとしてるんじゃないのか？」

海賊稼業は明日をも知れぬ生活だ。それだけに、皆宵越しの金は持たない傾向がある。

船が港に着いた時、懐の温かい彼らが目指すのは美味い酒と美味い飯。そして佳い女である。あらゆる快感を貪《むさぼ》り尽くすことで、海賊稼業の憂《う》さを晴らすのだ。だから不味いことで知られる飯屋に用はない。

「聞いたか、パッスム？」

前日に飲んだ酒が抜けきれてない司厨長パッスムに事務長が話しかけてくる。事務長はこれから上陸なのか、ヒゲを剃ってパリッとした姿になっていた。

「何が？」

「町の海猫食堂のことさ」

「あんな屑飯を食わせる店のことなんか知らないね」

パッスムは論評の価値すらないと鼻で笑った。

「みんな噂してるぞ。あそこがめちゃくちゃ美味い飯を食わせる店に変わったらしい」

「んな訳ねぇだろ。店主が替わりでもしない限りな」

このメギド島では店に並ぶ物資のほとんどが、拿捕された船に積まれていたものである。そしてそれは食料についても同じなのだ。従って鮮度が悪く質も揃わない。この島で少しでも美味いモノが食いたいなら、多少の出費は覚悟で独自の仕入れ先を持っている店に行くしかないのだ。

しかしながらあの露天食堂はそういう店ではない。

とにかく安く飯を出す。それを目的に材料も適当、料理も適当だ。一応食えるように火だけは通しているというレベルだったのだ。

「店主は替わってないようなんだが、新しい料理人を雇ったらしい」

「あの店がもし美味いものを出すようになったっていうなら、親父が色気を出したってことだろ？　いい材料をどこからか仕入れてきて、高い値段で食わせてるんだ」

「ところが、値段は元のままだそうだ。それでいてお前の飯より明らかに美味いんだとよ」

「なんだって？」

「お前は美味いものを作るにはいい材料が必要だって言うよな？　ところが海猫食堂の新しい料理人は、今までと同じ値段で美味いモノを出している。それってつまり世の中にはお前以上に腕のよい料理人がいるってことだよな？」

事務長の揶揄《やゆ》するような言葉にパッスムはムッとした。

「何が言いたい？」

「俺も今日はこれから上陸だ。飲みに行く前にその店を覗いて噂の真偽を確かめようと思っている……お前は、いつも自分以上の料理人はいないって自慢してるが、それが本当かどうかこの舌で確かめてきてやるぜ」

事務長はそう言うと、島に上陸していったのである。

事務長をはじめとして新たに非番となった乗組員達が次々と上陸していく。

それを船の舷側に立って眺めていたパッスムは、自分も行こうか行くまいかとしばし躊躇っていた。

事務長の言葉を真に受けて海猫食堂に行くのは、何か負けたような気がするのだ。

しかし無視することも難しかった。パッスムは、世が世なら自分はアヴィオン王国の宮廷料理人になれたと本当に信じていたからである。

もしあの時、計画が成功してプリメーラ姫の乗ったオデット号とともにアトランティアに辿り着けていたとしたらどうなったか？　きっとアトランティアの女王《ハーラム》の後押しを受けた王政復古派は、アヴィオン統一の戦いに乗り出していただろう。

プリメーラは女王となって、そのお抱え料理人であったパッスムもまた、王室料理人の肩書きを得ていたはずなのだ。

だが、現実はどうか？

今やパッスムは流れ流され、しがない海賊船の料理人にまで落ちぶれている。

もしあの時、プリメーラ側に立って沈みかけたオデット号に残る決心をしていたら、今頃は別の人生を送っていたはずなのだ。

しかし今更後戻りは出来ない。人生は賭けの連続だ。自分の全存在、そして未来を賭け必死の思いで賽《さい》を振る。失敗すればそれっきりで、取り返しはつかない。

とはいえ、なれど、さりとても……失いたくないモノがある。それが料理人としての誇りである。

美味い食事を作る。

その技量だけは誰にも負けないというのがパッスムの誇りだ。自分以上に美味いモノを作る料理人がいると聞かされたら当然気になってしまう。

しかも自分よりも安い材料を使って。

そんなことは不可能だ。あり得ない。世の法則に反した出来事だ。しかし、もしそれが可能なら……。

甲板から厨房までの狭い通路を進む間にそれだけのことを考えたパッスムは、突然思い立ったように歩き始める。メギド島に上陸することにしたのだ。

「あんな安い値段で美味い料理だと？　ありえない」

目指すのはもちろん海猫食堂だ。

町にいくつかある商店の前を横切ると、やがてオディール号の乗組員や他の海賊船の乗組員で混雑する海猫食堂へと辿り着いた。

「何にする？」

席に着くと、蒼髪の娘が注文を取りに来る。

「一番安いモノにしてくれ」

安くても美味いモノを出すというのなら、一番安いモノを頼んでみるのが一番である。

しかし娘は言った。

「みんな同じ値段だぞ」

仕方なく菜譜《メニュー》を見る。

すると肉、魚、野菜の三種類が全て同じ値段になっていた。

なるほど、菜譜《メニュー》に載せる品数を極端に抑えることで、手間を極力まで減らしているらしい。

客寄せのためにあれもこれもと種類を増やし、菜譜《メニュー》を文字で一杯にしてしまう料理人も時々いる。しかし大抵集客の効果はない。品数が多いというのは、その店の売りとなる商品がないことに繋がっているのだ。

しかしこの料理人はその逆を行っていた。

自信のある料理だけを厳選し、コストを下げるやり方にはパッスムも好感が持てた。

この三つの中で一番マシな料理は、おそらく魚料理のはず。周囲が海ということもあって新鮮な材料が手に入るからだ。

船乗り達は何故か魚を下等な食べものと見下して肉食を尊ぶ傾向があるが、味の分かる料理人であるパッスムにはそういう偏った嗜好はない。

「では、魚料理にしてくれ」

パッスムが注文してしばらくすると、料理が運ばれてきた。

木製の深皿には、オリザルという海藻の実（米に似た食べもの）を煮詰めたものとともに、様々な小魚と二枚貝がごっそり入っていた。

全て値段も付かないような雑魚《ざこ》か、一山いくらの二枚貝ばかり。それを集めて鍋に放り込んで火にかけたものだ。

「なんだこれは？」

「アクアパッツァのリゾットだ。思うところはいろいろあろうが、とりあえず食うてみるがよかろう」

パッスムは蒼髪の娘に言われるまま、木匙を口に運んだ。

そこでパッスムは凍り付く。それはただ材料を煮込んだだけの料理ではなかったのだ。

「う……」

「こ、これは……」

この料理人が使う食材は安い。市場でも一山いくらという代物だ。しかしながらしっかりと手間暇かけて下拵《ごしら》えが行われていた。そのため小魚一匹一匹の苦みの元であるアラがすっかり取り除かれている。火加減も絶妙で、しっかりと火の通った生ともいうべき状態だ。高級料理店で出しても恥ずかしくない出来映えになっていた。

「どうじゃ？　美味かろう」

蒼髪の娘は自慢げに言った。

「そうでもないぞ」

しかしパッスムは本心とは裏腹なことを口にした。

「確かに魚の下処理は見事だ。だがオリザルを混ぜ込んだリゾットというのが気に食わない。オリザルってのは魚の餌だろう？　そんなもの食わされていい気分になれるはずがない！」

古代ローマでは、大麦は飼料用とされ人が食べることはなかったといわれている。

小麦と大麦とどっちが上ということなどないのに、人の意識が食べものをそのように位分けしてしまうのだ。それと同じことが、この世界のオリザルという海藻由来の穀物にも当てはまるらしい。

すると蒼髪の娘はそうかと肩を竦めて言った。

「ふむ、ならば謝罪しよう。客人の舌にハジメの料理は合わなかったようだ」

パッスムは渾身の力で扱《こ》き下《お》ろしたつもりだった。だが蒼髪の少女は動じた様子をまったく見せない。それがかえってパッスムを苛立たせることになった。

かつて彼が店を構えていた時、彼が雇い入れた店員はどれだけ教育しても物覚えが悪く、客に文句を言われたらヘコヘコと謝っていた。どんな理不尽と思われる苦情にも、見苦しいまでにこちらが悪いと平身低頭であったのだ。

それに対してこの娘の態度は堂々たるものだ。謝罪をしても慇懃無礼《いんぎんぶれい》には決してならない。

自分が作っている訳でもない料理に苦情を言われても堂々としていられるのは、料理人に対する絶大な信頼がなければ出来ない。

それだけにパッスムの嫉妬は一層膨れ上がった。

「では、次は肉料理を出してもらおう」

そこでパッスムは追加の注文をすることにした。

「追加注文か？　それだけ貶《けな》したのにまだ食べようと？」

「口直しだ」

「口直しになればよいのう」

しばらく待っていると、やがてパッスムの前に肉料理が置かれた。

「これは？」

パッスムが料理の素性を尋ねる。

「すじ肉と玉ねぎと香味野菜を一緒に煮込み、それをオリザルの実を炊いたものの上に載せてある。ニホンという国の言葉では牛丼と呼んでいる。心して食すがよい」

「す、すじ肉……」

すじ肉は、この世界では食材として扱われない。ちょっとやそっとの処理では筋張って噛み切れないからである。それでいて捨てられることなく流通しているのは、複合弓の威力強化を目的として本体や弦に使われたり、あるいは膠《にかわ》――接着剤を抽出するためだ。つまり工業用の材料として扱われているのである。

しかしそれが料理の主たる具の役を担っている。

周囲を見ると、この牛丼を凄い勢いで食べている人間が多い。凄まじく安価な食材だけに腹一杯食べられるのだろう。

「こんなのが食えるのか？」

パッスムはそう呟きながら匙を口に運んだ。不味かったり、噛み切れないようなら容赦なく文句を言ってやるつもりであった。

海猫食堂に二度目の客として訪れていたドラケとオディールが、パッスムの存在に気付いたのは、彼が「こんなもの食えるか!?」と口に含んだ木匙を食卓に叩き付けた時だった。

「ダメだな……この料理人は大事なことが分かってない！　肉料理を注文する客は、肉で腹を満たしたいんだ！　なのに腹を満たすのはオリザルだ。それではまるっきり詐欺じゃないか⁉　大体こんなものを食って喜んでいるような人間は、低劣としか思えない。本当に味の分かる人間ならこれを食っても決して満足なんてしてないはずだ！」

パッスムは料理ばかりか、牛丼を食べている人間のことまでも声高に批判をした。

おかげで周囲の客から——その多くは料理に満足し、喜んでいたから——険《けん》の籠もった視線を浴びることになった。

「ドラケ！　見てご覧よ、パッスムの奴がいるよ」

オディールももちろん満足していた側の一人だ。

彼女は向かい側で牛丼を食べているドラケに、あんたの配下が悪目立ちしているぞと報せた。

「分かってるよ……俺にだって耳は付いている」

舌打ちするドラケの表情を見ると、どうにも不愉快そうであった。

だがその理由は、牛丼を美味いと思っていたところを侮辱されたからではなさそうだ。海賊には子分のしでかした不始末は親分の落ち度という考え方があるから、そのあたりが原因に違いない。要するにパッスムの言動は、ドラケに恥を掻かせる行為なのだ。

仕方なく、オディールは席を立つ。パッスムに一言注意をしようと思ったのだ。

しかし時既に遅く、パッスムの前には料理人が立っていた。昨日、確かトクシマハジメと名乗った男だ。

「な、なんだお前は？」

「あんたが散々貶した料理は、俺が作った……」

するとさすがのパッスムも怯えたように徳島を振り返った。

「お前みたいな若造がこの料理を？」

気色《けしき》ばんだ表情で目の前に立つ青年の迫力に圧倒され、パッスムは一歩退いた。

「そ、それで、料理人が俺に一体何の用だ？」

「俺の作った料理を貶すのは構わないさ。実際、俺は修業中の身だからね。けど、俺の作った料理を美味いと言って食べてくれるお客様を貶すことだけは許せない。取り消せ」

「取り消せだと？」

「そうだ。そしてお客様に謝ってもらいたい」

するとそれまで黙っていた店内の海賊達が一斉に徳島に同調した。

「そうだそうだ。俺達に謝れ！」

「こんな美味いモノを扱き下ろした上に、俺達まで馬鹿にしやがって！」

そこまで言われると、パッスムも退くに退けなくなってしまう。パッスムは立ち上がると周囲の客に向かって叫んだ。

「海賊風情が嗤わせるなよ！　俺は世が世なら宮廷料理人にもなれた男だぞ！　その俺がここの料理は不味いって言ってる。だから不味いに決まってるんだよ！」

するとオディールが問いかけた。

「でもあんた、今は海賊船の司厨長だろ？」

「くっ、オディールか」

それは事実である。これにはパッスムも何も言い返せなかった。

パッスムが口を閉じると、オディールは畳み込むように続けた。

「正直言って、あたいはあんたの料理よりこの兄ちゃんのほうが美味いと思ったね」

「こ、こんな若造に俺が負ける訳がないだろう！」

「でもね、あたいはあんたの料理もここの料理も食い比べた。その上で言ってるんだぜ。こっちの飯のほうが遙かに美味いってな！」

「あんたは翼人だから味覚が違うんだよ！」

パッスムは種族の違いを盾に言い逃れしようとする。しかし今度はドラケが立ち上がった。

「俺もこっちのほうが美味いと思ったぞ」

「せ、船長まで……しかし船の厨房で作った料理と、陸の設備が整った厨房で作られた料理とを比べても意味がないでしょう。食材の鮮度から何から何まで違うのに！」

「なら、そこの兄ちゃんと腕比べするか？」

「腕比べ？」

「同じ台所、同じ材料で料理を作ってどっちの腕が優れているか決めるんだ」

「ちょ、ちょっと待ってくれ」

その時、徳島が苦情を言った。

「俺は別にそんなことまでするつもりは……」

するとオディールが囁いた。

「兄ちゃんはこいつに謝らせたいんだろ？　でもね、こいつ素直に言うことを聞くような奴じゃないよ。それでもあんたが力尽くでどうにかしようとするなら、あたいらも海賊だ。身内にそういう真似をされたら、黙って見てる訳にはいかなくなっちまうんだ。面子ってものが立たなくなっちまうのさ」

どんなに気に入らない奴でも、オディール号の乗組員である限り、頭目のドラケは守ってやらなくてはならない。それが海賊の世界の掟なのだ。法律のない集団での秩序は、そのようにして保たれているのである。

「けど、決闘ってことになれば話は別さ。あんたらは料理人だから、腕比べ味比べで雌《し》雄《ゆう》を決するって訳さ。もし、あんたが勝ったら望み通りパッスムに土下座させてやる」

「俺が力尽くでな……」

ドラケは胸を叩いて請け負った。

だが、当のパッスムは嫌だと抗った。

「船長、俺がその決闘に応じてどんなメリットがあるって言うんですか？」

するとドラケは囁いた。

「お前、周りをよく見ろ」

見れば海賊達のパッスムを見る目がいささか剣呑に輝いていた。

「お前の放言でみんな相当にご立腹だ。もしここで何もしないで帰ってみな。お前は、間違いなく闇討ちを食らうぞ……もちろん俺はお前の船長だから、お前の仇《かたき》はとってやる。だが、おっ死んじまってるお前にとっちゃ、後追いで何人かが冥界に旅立ったところで嬉しくもなんともないと思うんだがどうだ？」

「ど、どうしたら」

途端に不安になったパッスムはドラケに縋った。

「これを何とかするには、決闘で勝ってお前の正しさを証明するか、あるいは盛大に負けて頭を下げるかすればいい。どっちにしてもお前に反感を抱いてる奴は黙るだろうさ」

「そ、それでいつ決闘を？」

「もちろん早いほうがいい。なんなら今からでどうだ？」

「今から？」

「店主？　どうだ？」

ドラケが店主を振り返る。

「儂は別にかまわんよ」

こうして思わぬ形により、徳島とパッスムの料理対決が開かれることになったのである。

03

広場の真ん中に食卓を集めて作った即席ステージに、オディールは黒翼を広げて降り立つ。そして群がる海賊達、娼館の女達、闇市場の大中小商人達を前にして声高らかに宣言した。

「野郎ども、決闘だ！」

「うおおおおお！」

歓声が島に響き渡った。

法律のないこの島では、海賊達が争い事を決するのは基本的に腕《うで》っ節《ぷし》だ。

だが、すれ違いざまに肩をぶつけた、足を踏んだ、ガンを付けた、侮辱した、賭け事でイカサマをしたなどで、いちいち流血沙汰を引き起こしていたら安心して買い物にも行けやしない。復讐が復讐を呼んでたちまち組織同士の大抗争が始まってしまう。

そのため海賊の頭目達の合議の末、島では私闘を禁止する協定が結ばれていた。

もちろん海賊なんて稼業をしている人間がそんな決まり事に従いきれるはずがない。規則だからとエゴを抑えられるようなら、そもそも海賊なんてしていないのだ。

故に個人同士の揉め事は衆人環視の中、正々堂々決闘する形で処理される。その結果についての復讐は禁止。これで戦いの拡大が防がれるという仕組みだ。そしてその決闘は当事者ではない者にとっては、最高の娯楽となっているのだ。

今回は料理対決である。

毎日が殺し合いという生活なだけに、流血沙汰にいささか辟易としていた海賊達は物珍しさも相まって、いつも以上に海猫食堂に殺到した。

更に今回は、島にいる女性達も面白がって参集した。暴力沙汰、流血沙汰を忌避する彼女達だが、娯楽には飢えている。料理対決なら安心して見ていられるのだ。

もちろん狭っ苦しい海猫食堂の敷地にこれだけの大勢が入れるはずもない。見物しようと押しかけた海賊達は、観戦するため周囲の建物の二階や屋根にまでよじ登った。

まだ何も始まっていないというのに、薄い屋根板を踏み抜いて怪我人が多数出てしまったと言えば、その熱狂ぶりがどれほどのものか想像できよう。

オディール号事務長と、クォーターマスターのパンペロは会場の片隅で、どちらが勝利するかを賭ける賭博の胴元をしている。積み上げられた多額の掛け金を前に、この勝負毎日やってくれねえかななどと二人で呟いていた。

頃合いよしと見たオディールは、ステージ上で舞妓のごとく身体をくねらせるとまず大多数を占める男達に問いかけた。

「野郎ども！　佳い女とヤりたいか!?」

「おおっ！」

海賊達が叫んだ。

続いて女達に問いかける。

「女ども！　いい男とヤりたいか!?」

「ヤりたーい！」

娼妓達が黄色い声を上げた。

「お前達！　美味い酒を呑みたいか!?」

「おおっ、呑みたいぞっ！」

「お前達、美味い飯を食いたいか!?」

「おおおおおっ、食いたいぞっ！」

散々煽って会場を興奮の坩堝《るつぼ》としたところでオディールは告げた。

「酒、男と女、そして飯。この三つはあたいらが刹那的に生きるのに、なくちゃならねえ代物《シロモン》だ！　この島になくちゃならねえ代物《シロモン》だ！　そうだろ!?」

「そうだそうだ！」

「今日は、その三つのうちの一つ、美味い飯を作るのはどっちかを決める決闘をする！」

「うおおおおおおおお！」

「勝敗を決めるのは、集まった船長達、商店の主、そしてこの島の支配者であるメギド族の族長の合わせて五人。それぞれが食ってみて、どっちの飯が美味いかを投票する。

そして得票が多かったほうを勝利者とするって寸法だ」

オディールは、ルールを説明しながら会場の片隅に設けられた審査員席を指差した。

そこにはたまたまメギド島に居合わせていた海賊船の船長三人と大商人一人、そして海棲竜人族《メギド》の老人の姿があった。

ドラケや海猫食堂の店主は公正を期すため、試食はしても審査には参加しない。そのためドラケはパウビーノの子供達とともに会場の一角を占領していた。

「さあ、入ってこい対戦者。まずはパッスムだ！　みんなに紹介するぜ！　こいつはドラケ海賊船団オディール号、つまりあたいの船だな……その司厨長で、自称『世が世なら王室のお抱え料理人』の腕前だそうだ！」

揶揄するような物言いに海賊達は一斉に嗤《わら》う。

「嗤うな嗤うな！　こいつの作る飯は美味いことは美味いんだから！」

オディールはフォローするものの、あまり役に立っていない。

会場に入ったパッスムは「くそっ」と小さく罵倒した。身の安全のために決闘勝負を受け容れはしたが、まさかこんな見世物にされるとは思っていなかったのだ。

「対する挑戦者は、海猫食堂の料理人、トクシマ！」

徳島は白いコックコートをまとって現れた。

その真っ白な服装にパッスムは羨望を覚えた。この世界、料理人の服装はかくあるべしという定式がまだない。だが徳島の着たそれは料理をする者に相応しい姿のように思われたのだ。

「トクシマはティナエのほうから来た料理人だそうだ。エダジマとかいう仲間の娘を探すために旅をしてこの島に流れ着いたんだってよ！　お前達も心当たりがあったら教えてやってくれよ。娘の名前はなんだったっけ？」

「トロワです」

徳島は架空の娘の名前を告げた。

しかしその時、オディール号のパウビーノ達がドラケの傍らに座っている少女を振り返る。

皆から注目を浴びた少女は意味が分からず、きょとんとするばかりだ。

「そういえばお前の名前、トロワだっけ？」

ドラケに問われると少女はおずおずと頷いたのであった。

＊　　　＊

「料理の準備は整ったか!?」

オディールは会場に据えられた二つの竈《かまど》、それぞれの前に立つ徳島とパッスムに尋ねた。

竈といってもガスや電気のある世界ではない。薪に火を着け、直接炙って焼いたり、鍋で煮炊き出来たりというレベルのものだ。設置も容易なので数時間ほどの作業で準備は整った。

「統括、どうですか?」

江田島は火床に据えた薪の燃え具合を確認して「大丈夫です」と徳島に告げる。今日は江田島が徳島の助手役を担う。

対するパッスムは、オディール号の厨房での助手を連れてきていた。こちらも火加減はよいと返事をする。

「それじゃあ、料理の材料を発表する。これだ!」

オディールは食材を皆に披露した。

メインはメギド族の漁師が持ってきた、タラガという海棲哺乳類の臓物だった。皮下脂肪がたっぷり付いた皮もある。

他には、一山幾らで売られる小魚がバケツ何杯分も。更には海鳥の卵、根菜、玉ねぎ、

ニンニク、豆類、ココナツに似た木の実、オリザル、香辛料と香草、海藻、塩、橄欖油、酒、酢などなど、この島で手に入るような食材のほとんどが用意されていた。

道具は自前のものを使っていいというルールで、パッスムはオディール号のものを持ち込んでいる。徳島も、もちろん自分で用意した道具だ。

「おいおい、こんな捨てるような部分ばかりで料理を作れっていうのか!? 赤身肉がないじゃないか!?」

材料を吟味していたパッスムは、額に皺を深く刻み込むと苦情を言い立てる。

すると海猫食堂の主人は揶揄するように返した。

「この店で使う材料だぞ、お前みたいな上級料理人様が使うような材料はない。諦めるんだな」

「しかし、これではなあ……」

さすがのパッスムも戸惑った。彼は、タラガの内臓など料理したことがないのだ。

「ま、なんとかなるか……」

とはいえ陸の生き物の内臓ならば料理したことがある。それを参考にすればどうにかなるはずだ。

一方、徳島はこの状況を楽しんでいた。

「血抜きはすぐにした？」

「もちろんだ」

材料を持ち込んだメギド族の漁師と何やら話をしている。

徳島はどうやら調理の方針が定まったらしい。

それを見ていたパッスムが言った。

「さすが底辺料理人だ。こういったクズみたいな材料の料理には慣れてるってか？」

「クズ？　ここにクズなんかないよ。食べられるものをクズにしてしまうかどうかは、全て料理人の腕次第だろ？」

徳島の言葉を聞いてパッスムは頭に血が上った。経験の違いをこの若造に思い知らせてやるという思いで包丁を握る。

「はっ、半可通《はんかつう》が知ったようなことを言いやがると痛い目見るぞ」

睨み合う二人に、オディールが割って入る。

「さあ、料理を始めてもらうよ。二人とも準備はいいか？」

徳島は頷く。

パッスムも頷いた。

「では……よーい、始め！」

どこの船から降ろされてきたのか、三十分を測る大型の砂時計がオディールの合図でひっくり返される。作業のために使える時間は双方ともに一時間半だ。

僅かな時間も無駄に出来ない。徳島とパッスムは包丁を握ると、早速材料と格闘を始めたのだった。

「さて、徳島君。どんな料理を作りますか？」

何をするにしても湯が必要だろうと、江田島は水で満たした大鍋を火にかけていた。

徳島は湯が沸騰したのを確認すると、ぶつ切りにしたタラガの皮を放り込んでいった。

「これは何を目的としているんですか？」

「油の抽出です」

タラガの皮は脂分を非常に多く含んでいる。軽く触っただけでベトベトになってしまう程だ。

「なるほど……とんかつを揚げるのに、ラードを茹でて溶かすと聞きます。その応用ですね？」

「そうです」

つまり徳島は油を用いた料理をしようとしているのだ。

油の抽出には相応の時間がかかるので後を江田島に任せると、徳島は臓物の下処理を始める。

徳島が選び出したのは、心臓や胃袋のようなコリコリとした食感のあるものばかりだ。特にタラガの鰭《ひれ》はゼラチン質と軟骨を多く含み、特別な下拵えがなくともフカヒレを思わせる食感が期待できた。

包丁を握りながらチラリとパッスムを見る。すると彼はタラガの肝臓を陸の生き物と同じように処理していた。その手付きからは戸惑いが感じられる。

パッスムは世が世なら自分は王室の料理人と公言していると言う。ならばタラガの内臓を扱ったことがないのも仕方がない。

冷蔵の技術のないこの世界では、保存が利かずすぐに臭くなる獣肉は遠くまで運べない。そのため海棲哺乳類は漁師が自分で消費するくらいで、内陸の市場に送られることはまったくと言っていい程ないのだ。

「統括、オリザルを石臼《いしうす》にかけてください」

江田島が抽出した油を容器に移し終える頃、徳島は次の作業を求めた。

「米粉を作るのですか？」

「はい。そうです」

この世界は麦系の穀類が主食である。そのため海藻に実るオリザルはほとんど米と同じなのに、多くの者が魚の餌だといって積極的に食べようとしない。それはもったいないことだと徳島は思っていた。米は炊いて食べるだけでなく、米粉として小麦粉の代わりにも使えるのだ。

「油を作って、米を粉にする……もしかして、天ぷらですかねえ？」

「はい。天ぷらでこの世界の料理人と勝負です！」

米粉を天ぷらの衣に使うと、サクッとした食感に仕上がりやすい。

難点は小麦のような風味に欠けることだが、独特の風味を持つタラガの内臓を天ぷらにするならば、かえってそのほうがいいくらいなのだ。


一方、パッスムも着々と料理を進めていた。まずは腸を鍋に入れて煮込む。

対戦者をちらりと見ると向こう側はタラガの皮を切り取って鍋に入れていた。

油の抽出がどうこうといった言葉も聞こえてくる。その単語を聞いた時、彼の背筋に冷たいものが走るのを感じた。

「まさかあいつ、フライの技法を知ってるのか」

パッスムは、対戦者の知識に戦慄した。

揚げるという調理法は高価な油をふんだんに用いなければならない。そのため美食に資金を惜しまないパトロンの元でなければ身に付けることが出来ないものなのだ。

そもそも料理の技術というのは、長い時間と資金を投じて行う試行錯誤の積み重ねだ。従ってそこから得られた、こういう材料をこう料理したら美味くなるという経験『知』は、財産と等しい価値があるものとして秘匿される。

パッスムもプリメーラのところにいる時、フライという技法の噂を聞いて手探りで挑戦してきた。高温の油で揚げると、肉の表面はパリッとした食感に、それでいて中身はジューシーという格別なものに仕上げられるのだ。

また低温の油（獣脂）で長い時間をかけて揚げるコンフィという技法もある。これもまた美味い。

「ちっ、奴は底辺料理人じゃなかったのか……」

実を言えば、アクアパッツァのリゾットを食べた瞬間から、こいつには敵わないかもしれないという恐れをパッスムは抱いていた。だからこそ、早いうちに叩き潰さないといけない気分になって悪口を言ったのだ。

経験の少ない若造なら、それだけで迷ってしばらくの間は腕を落とすのだが……

パッスムは自分の予感が正しかったことを悟った。なんとか奴に勝てる方法を考えないと敵は自信を付けてしまう。

何か使えそうな食材はないかと材料を覗き込む。すると材料の中に赤黒い物体を発見した。

「レバーか……。よし、こいつを使った料理を作るぞ」

「は、はい……」

助手と二人で包丁を手にすると、タラガのレバーを叩いていった。

レバーを徹底的にミンチにして、更に磨り潰していく。

そして香草、ニンニク、玉ねぎを微塵にしたもの、橄欖油、香辛料、塩などと混ぜて練る。

そうして出来上がったレバーペーストは、非常に濃厚な味わいだ。そのままパーニスにバターのごとく塗りつけて食べてもいいかもしれない。

「問題は匂いだ。ちょっと生臭さが気になるな」

「これは牛や豚にはない匂いですね……」

タラガは排泄系が未発達なこともあって、独特の臭みを持っている。

味は濃厚だがペーストにしたことで匂いも強くなってしまったのだ。

「仕方ない。香草を増やそう」

「香草ですか？」

「ああ。いくらなんでもこの臭さは減点ものだからな。おい、腸を鍋から引き上げろ、腸の皮膜を引き剥がすんだ」

するとと助手が目を輝かせた。

「分かりましたよ、パッスムさん。腸詰めにするんですね？」

「そうだ」

パッスムは料理の道具箱から注入器を取り出す。

そして助手が、茹でた腸から長いホース状の皮膜を裏返しながら引き剥がしていく。それに手際よくレバーのペーストを注入していったのであった。

レバーペーストの注入を助手に任せたパッスムは、対戦相手の作業を観察する。相手が何を作ろうとしているのか興味が湧いてきたのだ。

対戦相手はオリザルを臼にかけて粉にしていた。そして一口サイズに切った各種の内臓を、水・卵・オリザルを溶いたものにつけ込んでいる。

若い料理人は油の温度を確かめると、つけ込んだ臓物を油の中に投じる。

するとたちまち油の弾ける音が辺りに響き始めたのである。

「そうか！　ああやってつけ込んで揚げれば、表面はカリッとするはずだ」

あれなら表面は歯ごたえがあり、中身はジューシーに仕上がるだろう。

だが、感心ばかりしてもいられない。このまま相手の料理が出来上がってしまったらパッスムには勝ち目がない。

腸詰めというのはあちこちに見られる料理でみんなもよく知っている。対してフライの技法を用いた料理は珍しい。

珍しさは、食べる者にとって効果的な調味料の一つだ。審査員達もきっとフライのほうが美味いと判断するに決まっていた。

何とか相手にミスをさせて、審査員達に悪印象を抱かせないと。

するとその時、パッスムは相手の台所で湯気を上げている鍋の存在を認めた。

「あれは何だ？」

助手に尋ねる。

「骨や玉ねぎ、ニンニク、各種香草を入れてましたから、多分スープを作ってるんだと思います」

さすがパッスムの助手である。よく見ている。

「つまりフライとスープの二品……それが奴らの料理だな」

「はい、おそらく」

「よし……」

パッスムは助手に耳打ちをする。すると助手は驚いた表情を浮かべた。

「ほ、本当に、それをするんですか？」

「そうしないと勝てないからな」

「でも、みんなが見てる……」

「大丈夫だ。注目を浴びているのは俺や対戦相手で、お前みたいな助手のことなど誰も見てないよ」

「見てたら？」

「バレないようにするんだよ。それとも何か、出来ないとでも言うのか？」

「それは」

「もし俺の言うことを聞けないというのなら、お前はもういらない。助手を馘首《かくしゅ》する……」

「そ、そんな」

「どうする？」

「わ、分かりました、やります」

「言っておくが、出来ませんでしたじゃ済まされないぞ。分かってるな？」

「は、はい……」

「よし、じゃあやれ」

「はい」

パッスムの助手は、自分のところの鍋の火加減を管理する振りをして、その火床の灰を手に握ったのであった。

＊　＊

砂時計の最後の一粒がこぼれ落ち、鐘が二回鳴らされる。料理が開始されて一時間が経過したのだ。

その頃、既に徳島は次から次へと天ぷらを揚げていた。

黄金色の衣を纏ったタラガの内臓の天ぷら、そして小魚の天ぷらなどが次々と揚がっていく。これを炊いたオリザル――ごはんを盛り付けた丼に載せるのである。あとは味味噌汁代わりにスープを……

だがその時、江田島が呻き声を上げた。

「私としたことが……徳島君やられました！」

「どうしたんです？」

作業の手を止めて江田島を見に行く。

すると江田島が鍋の中を見つめて絶望的な表情をしていた。鍋で煮ていたスープの表面に大量の木炭や灰が浮かんでいたのだ。

「こ、これ、どうして？」

「ちょっと目を離した隙にやられました。きっと妨害工作です」

徳島の今回の料理は、天丼とスープの二品である。そのうちのスープが灰まみれになってしまったのだ。

江田島は対戦者に目を向けた。

パッスムとその助手は何食わぬ顔で作業を進めている。しかし先ほどパッスムの助手が、材料を追加で手に入れるためにこちらに来て鍋の傍らを通り過ぎていった。その時にやられたに違いない。

「どうしましょうか？」

徳島は問われてぎゅっと目を閉じ、一度だけ深い溜息を吐いた。しかしすぐに目を見開いて江田島を見た。

「大丈夫です！　こんなことはよくあることですから、俺に任せてください」

徳島は動じなかった。国際的な大会で、日本人が悪質な妨害を受けるなんてしょっちゅうなのだ。

いつぞやの冬季オリンピックでは、転倒した某国スケート選手が日本人選手の足を掴もうと手を伸ばしていたのが映像でしっかり残されている。

国際的な体育大会でも、高層階の宿舎のエレベーターが動かなくなり、シャワーからは冷水しか出てこないということもあった。夜の宿舎前に自称応援団が集まり、大声援と鳴り物で対戦相手国選手の睡眠を妨害するという手段もよく使われる。

料理のコンテストでも、某国チームは自分達が勝てないと思うや、日本チームを巻き添えにする自爆的な妨害工作を行ったりもしたと噂されている。

海外で活躍する日本人がそういった目に遭うのは日常茶飯事なのだ。そのため徳島も兄達から相応のリカバリ技術を身につけさせられ、ちょっとやそっとじゃ動じないようになっていた。

まず、灰が入ってしまった鍋から具を取り除いていく。

「おいおいっ、客にアクも灰もごったまぜになったものを食わせるつもりじゃないよな!?」

徳島のすることをチラチラ観察していたパッスムが揶揄してくる。

「さあね」

徳島は言いながら、鍋の下に置かれた薪を取り除いて火力を弱めた。そして鍋の温度が少し下がるのを待つ間に卵白を溶いたものを用意する。

「卵白にはどんな効果があるんですか？」

江田島が好奇心に目を輝かせて徳島に尋ねた。

「まあ、見ててください」

徳島が卵白を鍋へと投入する。

「おおっ、これは！」

すると卵白が鍋のスープに浮かんだ灰やアクを絡めるように巻き込んで固まり、鍋の底に落ちていく。そして全てが沈んだ後に、黄金色に輝く澄んだスープが上澄みとして残ったのである。

再度砂時計がひっくり返され、料理時間終了の時鐘が鳴らされた。

その時には徳島、パッスムともに料理を完成させていた。

それ以上手を加えられないようメギド族の女性達の手ですぐに審査員の前へと運ばれていく。

パッスムの料理は、レバーパテの腸詰めを茹でたもの。そして臓物の鍋である。

徳島は天丼と、千切りにしたタラガの鰭を入れた黄金のスープであった。

どちらも見た目は鮮やかに盛り付けられ、美味そうである。

観衆達は喉仏を盛んに上下させていた。

「畜生っ……見てるだけで食えないなんて拷問だぜ」

「大丈夫だ、後で少しずつでも食わせてもらえるから。そのはずだよな、な、な？」

審査員達が口々に勝手なことを言いながらその味を確かめる。

観客達は美味そうに食べる彼らを見て、ますます空腹感を刺激された。

ドラケは審査員ではないが、パッスムの後見として、出された料理の味を確かめる権利がある。そのため皿が運ばれてきた。

まず、パッスムが作ったレバーの腸詰めから食べてみることにした。

タラガという海棲哺乳類のサイズが人間なんかよりもはるかに大きいということもあって、腸詰めは指を二、三本束ねたくらいに太かった。これを茹でたものが皿の上に無造作に置かれてある。

だが腸詰めというのはそういうものだ。旨味はことごとく中に詰め込まれているのだ。

まずは齧ってみることにする。

二叉《ふたまた》の突き匙を刺して、小刀で口に入れるのに適したサイズに切る。

すると、ぷちっという音とともに腸詰めの中から溶けた脂分が溢れ出てきた。続けて強い香草の匂いが立ち上っていく。

その香りは、鼻の奥が涼しくなるような刺激だ。

ドラケはそれを口に運び、歯を立てる。

まず腸の皮膜の程よい弾力と抵抗がある。それを打ち破って噛み切ると、直後に口の中にレバーの濃厚な味が広がった。

「……美味い」

人格はともかく、パッスムが作るものは確かに美味い。ドラケは思わず出された腸詰めを全て平らげてしまった。

＊　　＊

ドラケは続いて、徳島が作った天丼を食してみることにした。

「テンドン？」

ドラケの呟きに徳島が即座に答えた。

「天丼というのは本来タレを上からかけるもので、それはそれで美味いんですが、そうすると衣のサクサク感が楽しめなくなってしまうので、今回はあえて半分だけかけてあります。タレのかかってない側には塩を振ってありますのでそのまま試してください」

「そ、そうか」

そんな名前の料理は初めてだった。

他の審査員達も初めてらしい。物珍しそうに指で突いたり、匂いを嗅いだりしている。

炊いたオリザルの上に乗っている天ぷらとやらをまずは食べてみることにする。

タレがかかってないほうを口に入れる。

歯を立てた瞬間、サクッという感触があった。

これが程よい加減で、塩と油の旨味が広がる。

続いて更に歯を立てると、今度は臓物の弾力ある感触が待っていた。

プリッとした食感は内臓独特のもので、中から味の染みた肉汁が口内に広がっていく。

それが衣のサクサク感と合わさった瞬間、ドラケは呟いていた。

ドラケは直感的に、この美味さの虜になると思った。

パッスムの作った腸詰めも確かに美味かったが、こうして天丼を食べてしまうとその欠点があからさまになってしまう。

腸詰めという料理が劣っている訳では決してない。ただ、タラガのレバーは匂いがとても強い。それを打ち消そうとパッスムは香草をたっぷり使った。すると香りに負けないよう味を濃厚にする必要が出てくる。つまるところ、クドくなってしまっていたのだ。

対して天丼は繊細だ。食感と旨味と香り、全ての調和が取れている。

そしてとどめが天ぷらの半分にかけてあるタレだ。これによってサクサク感は失われてしまうが、代わりに天ぷらの味は更なる膨らみを見せる。更にこのタレが染みたオリザルがまた胃袋を刺激して食欲を煽る。

極めつけはスープだ。

一口啜ってみればもう止まらない。

黄金色で、透き通っていて、それでいて様々な食べもののエキスで一杯なのだ。

もし旨味というものが姿形を成してこの世に存在するのなら、それを濃縮、凝集させたものがこのスープだろう。

ドラケは食いものに詳しい訳ではないが、誰の料理が優れているかは一発で理解できる。実際、審査員達の顔を見れば、どちらを勝者と判断しているかは歴然としていた。

「厳正な審査の結果、勝利者は海猫食堂のトクシマハジメとする！」

審査員達は勝利者に徳島を指名した。

「くそっ！」

パッスムは忌々しげに地面を蹴った。

徳島が用意した食事の残りは、ドラケやオディール、そして一切れずつながらも集まった海賊達全員に供されることになり、限りあるそれを大勢が奪い合うことになった。

「すげぇ美味ぇ」

「これ、腹一杯食えねえかなあ」

これまで大人しく見ていることを強いられていた海賊達は、空腹もあってその一口の記憶を未練たらしく舐《ねぶ》り続けている。そしてそれぞれの船の司厨長にあれを作ってくれと求めていた。

「材料はまあ、幾らでも手に入るからな……試してみてもいいか」

このメギドの島でならタラガは容易《たやす》く手に入る。作り方もその目で見た。

オリザルを魚の餌だと嫌がる人間がいるなら、代わりに小麦を使えばいい。そこにいた料理人達はそんなことに思いを巡らし、新しい料理に挑戦する気になっていた。

敗者となったパッスムは、約束通り海猫食堂の客達に放った悪口雑言《あっこうぞうごん》を撤回し、謝るよう審査員達に強いられた。そして渋々ながらも、頭を下げることになったのである。

「やりましたよ、徳島君！」

「はい、統括」

江田島は徳島の肩を叩いた。

メイベルも徳島にしがみついたが、彼女は徳島が浮かない表情をしていることに気付いた。

「ハジメ、どうした？　喜んでないな？」

「今回の料理勝負は勝ったとは言えない気がするんだ……」

前述したように料理とは経験の積み重ねだ。

日本を含む銀座側世界では、料理の技術の多くが公開されている。もちろん個人的に秘匿されているものもあるが、銀座側世界の料理人達は大会などで調理方法を公開し合って技術水準を高めているのだ。

だがこの特地世界は違う。こういう環境では経験と知識は代を継いで積み上げていくしかない。

パッスムはプリメーラのお抱え料理人だったこともあり、豊富な資金力で多くの経験値を溜め込んだ。しかしそれでも、銀座側世界の料理人と比べたら情報の絶対量で不足している。もちろん徳島自身の技量もあってのことだが、結局はそれが今回の勝負を決定付けた。

つまり徳島自身というよりも銀座側世界の料理が勝ったということなのだ。

すると江田島が囁いた。

「でも、今回あなたの料理は皆が見ていました。あなたの作った天ぷらは海賊達の間で広まっていくでしょう。そう思えば、この勝負にも意義があったと思えるのではありませんか？」

「それはそうですけど……」

「それに、これで貴方の力量は皆に認められました。今なら、貴方が船に乗りたいと申し出たらどの船の船長も二つ返事で受け容れます。もちろんドラケ船長もね……これで堂々とオディール号に乗り込むことも出来るでしょう」

情報活動で苦労するのは相手方の内懐《うちぶところ》に入り込む方法だ。

その点、料理人はそれが比較的容易い。ただ問題は、就航中の船の場合、料理人が常在しないことがないということ。既に働く者がいる以上、そこに入り込むのは容易ではない。だが今の徳島なら、その料理人に天ぷらの詳しい作り方を伝授するなどと言えば、反対の声は出ないはずだ。

船に乗り込んでさえしまえば、隙を見て船長室を調べることも出来るし、船長から聞き取ってもよい。もしかしたら海賊船が大砲の供給源に寄港する可能性だってある。

「それでは君のことを、これからドラケ船長に売り込んでまいりますよ」

江田島は勇んで会場の片隅に向かうと、そこにいたドラケに声を掛けた。

「実は折り入ってドラケ船長にお話があるのです。お時間をいただけませんでしょうか？」

するとドラケも笑顔で返してきた。

「奇遇だな、実は俺もお前さんに話があるんだ……だが、こんな騒がしいところでする話でもない。だから明日にしないか？」

「ええ。私もそのほうがよいと思っていました」

江田島は明日、ドラケの船を訪ねる約束を取り交わした。

万事順調に進んでいる。計画も上手くいくと思われた。

だが、翌朝江田島達がドラケに会うことはなかった。その日の夜、徳島達の宿舎にメギド族の戦士達がやってきて三人は捕らえられてしまったからである。

「い、一体どういった嫌疑によるものですか？」

槍を突きつけられた江田島は戦士達の長に尋ねた。

「貴様らがティナエ政府の間諜《かんちょう》という容疑だ！」

メギド族の戦士長は、冷厳な口調でそう言い切ったのである。

04

徳島と江田島、メイベルの三人は、集落外れの砂浜にある木材を粗雑に組んだだけの牢に放り込まれた。

いや、それは牢というには作りが雑すぎる。檻と呼ぶべきかもしれない。

檻の置かれた砂浜の周辺には、椰子の木が何本も立っている。そして篝火《かがりび》がいくつか置かれ、薄《うっす》らと周囲を照らしていた。

「一体なんで俺達が間諜だなんてことになったんですか!?」

徳島が抗議の声を上げた。

しかしメギド族の戦士達はまったく耳を貸そうとせず、淡々と檻に錠を下ろす作業を続けた。

錠は、青銅製で構造も単純そうだ。だがそれだけに頑丈に出来ていて、人力では壊せそうもないものだった。

「告発があったからだ」

徳島が何度目かの問いを発した時、ようやく答える声があった。

声の主を振り返ってみると、そこにいたのはメギドの族長であった。族長は何人かの従者を従え、夜の海から砂浜へと上がってきたのだ。

「告発って？」

「最近、海賊の船が次々と海軍に捕らえられている。その原因は、お前達が情報をティナエの海軍に流しているからだと言う」

「そ、そんな、あり得ない!!」

「だが海賊達が捕らえられ始めたのは、お前達がこの島に来た時期と、不思議と一致している」

それは海上自衛隊による海賊対処行動が始まり、Ｐ３Ｃが哨戒し、通報を受けた『うみたか』と『はやぶさ』が現場に急行しているからである。

しかし古い常識で物事を考える彼らは、海賊の動向をつぶさに報じる間諜の存在を疑った。

その理由は、人間の洞察には「自分ならそうするから、きっと相手もそうする」という傾向があるからだ。

かつて共謀罪関連法案が国会で審議されていた時、「この法律によってジャーナリストやクリエイターは自由な活動が出来なくなる。捕まってしまう」などと言って反対する者がいた。何故彼らがそのような発想をするのかと言えば、自分にとって都合の悪い発言をする者を処罰したい、抑圧したいという欲求を彼らこそが抱いているからなのだ。

「偶然だよ！　俺達以外にも、同じ時期にこの島に来た者もいるはずだ！」

徳島はメギドの族長に抗議した。

「しかしそれらの者に対する告発はない。怪しむべきところがないからだろう？」

その粗雑な論理を聞いた徳島は、失望のあまり天を仰いだ。この程度の理屈で罪人扱いされ、処罰されるのがこの世界なのだ。

とはいえ、遅れている、野蛮だなどと批難は出来ない。現実には日本でも、「やってないとは言い切れないから有罪」という論旨の報道がマスコミ各紙やテレビ報道でまかり通っているし、裁判所でも同様の判決が出ている。地裁判決であったために、その事件は高裁で逆転無罪の判決が下ったが、そもそも新聞社やテレビ局に採用されるような者や裁判官ほどの知性を持つ者がその始末なのだから、特地も銀座側も人間の中身については大差がないということなのだ。

「一体誰が我々を間諜だなんて告発したんです？」

それまでずっと考え込んでいた江田島が初めて質問を発した。

「パッスムだ」

すると、族長の口からパッスムの名が返ってきた。

「奴は俺に負けた腹いせに、口から出任せを言っているだけです！」

「そうかもしれないが、そうでないかもしれない。奴はお前達をティナエ海軍の船で見かけたと言っている」

「もしかしてオデット号のことですか？」

「認めたな？　そうだ。その通りだ……奴は自分が旧アヴィオンの王女に仕え、それと一緒に海軍の船に乗った際にお前達の姿を見たと言っている」

「確かにオデット号に乗り込んでいたことはありますけど……」

徳島はようやく思い出した。パッスムはプリメーラお抱えの料理人だった男なのだ。

確か彼は航海中船酔いを理由に船室にずっと引っ込んでいた。そのせいで徳島がプリメーラ達の食事を作ることになったのだ。しかし彼は王政復古派に属していた。そしてオデット号が転覆しかけると、他の王政復古派と一緒に短艇で逃げ出していったのである。

「だから、世が世なら王家お抱えの料理人ってことか」

「奴はそんな不利な事実をあえて我々に告白した。自分まで間諜ではないかと疑われるかもしれないのにな。そうした勇気は買うべきだと我々は考えている」

「だから私達は有罪だと？」

「無罪だというのなら、それを証明してみせるがよい」

「それを悪魔の証明というのですよ」

江田島は嘆息する。

何かをしていない、やっていないと証明することは不可能である。故にそれは悪魔の証明と呼ばれている。だから刑事裁判においては、「やったことを合理的に立証する」責任が検察や警察側に課せられているのである。少なくとも法律関係の教科書にはそう書かれているのだが、現実の問題は前述した通りだ。

論理が通らない相手には、どんなことを言っても通じないということが頭の回転の速い江田島には分かってしまった。

「一つ方法がある。どうだトクシマ、精霊魔法の使い手に、お前達の記憶を覗かせるという方法を受け容れるか？」

するとその時、族長が打開案を提示した。

「精霊魔法を用いれば、事の真偽ははっきりするぞ」

「でも、それでは記憶の全てを覗かれてしまうんだよね？　そりゃダメだよ」

「とても無理な相談です」

自衛官としての任務を帯びてここにいることを知られる訳にはいかない徳島は、はっきりと断った。当然、江田島もメイベルの答えも同じだ。

「こんなところに流れてくる者達だ。脛に傷の一つや二つあるのは当然だ。それを掘り起こされたくないという気持ちも分かる。たが潔白を証明するにはそれしかないのだぞ」

族長の説得するような呼びかけだったが、徳島ははっきり拒絶した。

「このままだと、明日の日の出には縛り首だ。それまでよく考えることだな」

メギドの族長はそう言い残すと、戦士達とともに立ち去っていったのである。

族長達が立ち去ると、徳島は自分達の閉じ込められている檻の構造を調べ始めた。釘など一本も使わず、籐《とう》や蔦《つた》を使って木材を組んだだけの粗雑なものだ。おそらく小さな刃物が一本もあれば容易に破ることは出来るだろう。

しかしこの砂浜には松明を手にした見張りが複数人いる。檻を抜け出せたとしても、監視を掻い潜って脱出するには相当の策を練る必要がありそうだ。しかも、脱出できたとしても狭いこの島に隠れる場所はほとんどない。

「厄介なことになりましたねえ……」

江田島の呟きにメイベルが答えた。

「何が厄介かと言わば、躬達が間諜というのは事実だということじゃな……」

おかげで潔白を証明する手段として提示された、精霊魔法を受けるという方法が使えない。

当然その態度は何か疚《やま》しいことを抱えているからだとメギド族の族長には解釈される。それがためにかえって嫌疑を深める結果になってしまった。

「メイベルさん……貴女は亜神です。亜神には、眷属というのがあると聞きますが？」

江田島の問いにメイベルは頷いて答えた。

「どうでしょう？　徳島君や私を指名することは出来ませんかねえ？」

そうすれば、処刑されても死なないから、屍体のフリをして逃げ出すという方法が使えると江田島は言う。

するとメイベルは深々と溜息を吐きながら頭《かぶり》を振った。

「せっかくの期待を裏切って申し訳ないんじゃが、眷属は亜神一柱につき一人なんじゃ」

「そうでしたか。では、せめて徳島君だけでも……」

「いや、それも無理じゃ」

「何故でしょうか？」

「誰かを眷属にする技は、亜神になったからといって自然に使えるようになるものではないからじゃ。これは一種の技術でな、時をかけて学び、修養を積まねばならぬ。亜神になってまだ日の浅い躬には到底できることではないのじゃ。それに躬が代わって傷を引き受けるというだけで、何をしても死なぬという訳でもないし……」

「そ、そうなんだ……」

その説明を聞いた徳島は、以前耳にしたのと齟齬《そご》があることに気付いた。

「あのー、確かアルヌスに来る前、眷属にしてやるということを匂わせて、いろいろな国の貴族だとか族長だとかを操ってきたとか聞いたんだけど？」

するとメイベルは恥じ入るように顔を赤らめた。

「もちろんじゃ。躬とて嘘吐きではないから、あのままだったらいずれか一人を選び、眷属に据えたのではなかろうかと思う。いつか、きっとの話じゃがな」

「要するに、術を使えるようになった暁には……という出世払い式の空証文だったと?」

江田島が要約した。

「失礼な、いつかは叶えてやるつもりはあるのじゃから空証文ではない。ただ、いつまでにと期限を約束できぬだけじゃ。百年後かもしれぬし二百年後かもしれぬ。あるいは三百年先か……」

「それって、普通のヒト種なら寿命で死んでるんじゃない?」

徳島の批難するような視線に曝されたメイベルはそっぽを向いた。

「認めたくないものじゃな。若さ故の過ちというものは……」

「まあ、反省してくだされぱいいのです。とはいえ、これで屍体のフリをして脱出するという選択肢はなくなりました。もっとちゃんとした脱走計画を練らなくてはなりません」

「そうじゃな……それが一番じゃと思う」

するとと江田島は嘆いた。

「こういうところから脱走してしまうと、やはり我々が間諜であったという評判が広がって、今後の活動に支障を来《きた》します。なのでそれだけは避けたかったんですよね」

そんな時、暗がりの向こうから声がした。

「脱走するつもりなのかい？」

その声を皮切りに、周囲にいた見張りが声すら上げずに次々と倒れていく。

何事かと思ってみれば、篝火の明かりの隙間、その向こう側の暗がりから黒い影がゆっくりと近付いてきた。

ほっそりとしたシルエットから、黒い羽で全身を覆った翼人の少女だと分かる。オディールだ。

彼女は暗闇の向こうに向けて何かを投じた。

すると誰かが倒れる気配がある。おそらく異変に気付いて息を潜めていた戦士がいたのだろう。

「君、凄い腕前だね。けど殺してしまっていいのかい？」

徳島が尋ねる。

「もちろんそこまではしないよ。そんなことをしたら下手人捜しの詮議が厳しくなるからね。ちょっとばかりしびれ薬を針の先に塗ってあるのさ」

オディールはそう言って、指に挟んだ黒い風斬り羽を自慢げに見せた。

「翼人種というのは鳥目だと聞きますが？」

江田島が口を挟む。

「もちろん見えてなんかいないよ。ただあたい程の達人になると気配で分かるのさ」

オディールは答えるのも面倒くさそうに警備兵のところに歩み寄る。そしてその腰にあった鍵の束を奪うと、再び戻ってきて徳島達の檻の錠に手を伸ばし、何やらガチガチと始めた。

「それで俺らに何の用？」

「決まってるだろ？　世間話をしに来たとでも思うのかい？」

細い棒状の鍵を錠に突っ込んでしばらく動かしていると、バネ仕掛けで何かが外れる音がした。

「おっ……？」

オディールは檻の扉を開いて告げた。

「さあ、出るんだ」

もちろん徳島や江田島には、事情が分からないからと時間を無駄にする愚かさはない。分からないことは移動しながら尋ねればいい。速やかにメイベル、江田島、徳島の順で檻から出た。

「まずは礼を言わないといけないね。ありがとう……けどどうしてだい？　君がこんなことをしてくれる理由が分からないんだけど」

するとオディールは困ったように柳眉《りゅうび》を寄せた。

「簡単に言えばね、乗組員の不始末を片付けに来たんだ」

「不始末？」

「パッスムのことさ……あんたとの勝負に負けて、船に戻ってから奴の挙動がなんか怪しい。それで問い詰めたら、あんたのことを誣告《ぶこく》したってゲロったのさ」

オディールは静かに入り江へと向かった。当然、そこから先は行き止まりの海なのだが、見ればオディール号の短艇が浜に乗り上げていた。

もちろん漕ぎ手もいてオディールの帰りを待っている。

「だから助けてくれるんだ？」

「当たり前だろ⁉　このまま見捨てたら、あたいらの恥だからね」

オディールは振り返ると、徳島達に「あれに乗れ」と告げた。

もちろん徳島達は素直に従う。

「正々堂々の決闘に負けた腹いせに、勝負相手に濡れ衣を着せるような真似が恥でないはずがないだろ？　ドラケの面《つら》にどれだけ泥を塗りたくることになるか。オディール号の奴らは決闘に負けると、意趣返しに密告するらしいだなんて評判立てられてご覧よ。これから海賊の間で肩身の狭い思いをしなきゃなんなくなる……気に入らない奴がやらかしたことでも、同じ船に乗ってる以上は仲間だからケツ持ちしなきゃなんないのさ」

海賊達を縛るのは、日本人的な感覚ではヤクザ世界の規律感が近いようだ。

「なるほど。けど、どうして俺達が無実だって分かったんだ？」

「そりゃ、海賊がとっ捕まってるのは間諜のせいじゃないってことを知ってるからね」

「？」

「あたいは鉄の翼竜と飛船をこの目で見た。だから海賊達が次々と捕まってるのはアレのせいで、間諜が理由じゃないって分かってる。パッスムの告発が嘘だって言えるのもそのおかげさ」

「なるほど、そういう訳か」

「それにね……エダジマだったっけ？　あんたに引き合わせてやりたい奴がいてね」

「私に引き合わせたい？　どなたです？」

「まあ、着いてのお楽しみってことにしておきな。とにかくあんたら三人は、これからあたいの船の客人って訳だ」

徳島と江田島が顔を見合わせている間にも、海賊達は三人の乗った短艇を海に押し出して漕ぎ始めた。

短艇は砂浜を離れ、海のうねりに従って上下に動揺を始める。すると海賊達も短艇に乗り込んでオールを手にし、海面を漕いでいく。

徳島、江田島、メイベルの三人は、こうして海賊船オディール号に客人として乗り込むことになったのである。

＊　＊

青い蒼い空を背景に、白い翼を広げた翼皇種《アヴィ》の娘が気持ちよさげに滑空している。

「空気は澄んでいて、風も柔らかいのだ。でも少し湿っていて重い？」

両脚の古傷が痺れるような痛み方をしている。これは天候が悪化する予兆だ。

オデット・ゼ・ネヴュラは、背から伸びる右の翼を軽く捻った。

すると案の定、急激に身体が旋回する。空気が重く湿っているから、僅かな動作でも過剰に反応するのだ。

オデットはそのまま捻り込むと、高度を急速に下げた。

落下するに任せていると、上空の澄んだ空気がぬるく湿っていく。空の清々しさが蒸し暑さに変わったところで、オデットはバランスを取り戻して、水平飛行へと移った。海面すれすれ、飛び魚が飛び交う程の高さを高速で滑空する。そして、速度を生かして再び高度を上げていった。

「ここなのだ……」

やがて、ぬるい空気とひんやりとした空気の境目を見つけたような気がした。どうやら冷たい空気が暖かい空気の下に潜り込むように進んできているらしい。そのことを確認したオデットは、眼下にある白い三角帆を三枚掲げた船を目指した。

ティナエ海軍所属オデットⅡ号は、ジブ、メイン、ミズンの三本のマストにラティーンセイルを掲げると、左斜め前からの風を一杯に浴びながら進んでいた。

「シュラ！」

オデットは、艦尾に親友でもある艦長の姿を見つけると甲板に降り立った。

オデットⅡ号は、かつてのオデット号と同じ設計図を用いて建造された同型艦である。だが鎧鯨の襲撃を受けて大海に没した先代から改良されている点も幾つか見られた。それは隔壁《かくへき》の増加、武装の強化といったものだが、中でも最大の変更は漕役室と漕役奴隷の廃止であった。

度重なる海賊の襲撃によって人的資源が払底《ふってい》したティナエ海軍は、もうこれまでと同じように漕役奴隷を揃えることが出来なくなったのだ。そのため航行は帆走をもっぱらとして、必要な時のみ露天甲板下に格納されている櫂を舷側に設置し、乗組員を配してこれを漕ぐこととしたのである。漕役室のあった場所には、将来の大砲装備を見越して床材の強化が施されている。

そして更なる改良点は、艦尾楼甲板に設置された舵輪《だりん》だ。

これは日本に行ってきたシュラ・ノ・アーチの提案によって設置された。

これまでの船は操舵室に命令を伝達して舵を切っていたのだが、これからは甲板にいながら舵を操作できるようになったのだ。

この改良によって、これまでは難しかった風と帆の微妙な関係に応じた、細かな操舵が出来るようになった。それが、風に頼ることの多くなったこの艦の速度の向上に繋がっているのである。

シュラはオデットに呼ばれると、傍らの操舵長を振り返った。

「後を任せるよ。いいね？」

「ラーラホー艦長！」

シュラはオデットに歩み寄った。

「どうしたんだい、オディ？」

「夕刻あたりから天気が大きく崩れるのだ。嵐になると思う」

「それは困ったね……航海長、海図を！」

副長を兼ねる初老の航海長がやってきて、海図台の上に羊皮紙製の海図を広げた。

それにはオデットⅡ号の針路が実線で描かれており、その行き着く先には小さなバッ点と『アトランティア』という名が記されていた。

「今、当艦は風軸に対して右四十五度の角度で切り上げているんだ。天候が安定しているなら、あと半日はこのまま進んで、それから切り返すつもりだったんだけど……」

シュラは言いながら海図を指先で叩く。

すると航海長が言った。

「ですが、悪天候の中を突っ切るような真似はお勧め出来ませんね。ちょっとゾッとします」

「そうだね。この航海では多少の時間はロスしても安全第一でないといけない。けど、乗客の十人委員様が何かと五月蠅いんだ。彼は、物事は予定通りに進むものだと決めてかかっていて、ボクを随分と困らせてくれるんだよ」

「だったらこう言ってみてはどうでしょう？　『そんなに言うなら自分で指揮を執って

みろ』と」

「彼のことだ、そんなことを言ったらこの艦で嵐の中を突き進みかねない。だから、もうちょっと穏健な言い方をすることにするよ」

「それはそれでなかなかに難しそうですな？」

「ああ、君さえよかったら代わって欲しいくらいだ」

「いえ、お断りいたします。小官は副長兼航海長に過ぎませんので、そのような大任は荷が重すぎるのです」

部下の突き放すような言動に、シュラは情けなさそうな顔をした。

「仕方ない。これも艦長の役割という訳か……けど、代わりに嵐を避けるのは君に任せていいかな？」

「ラーラホー艦長、もちろんです！」

シュラは副長の敬礼に答礼すると、オデットとともに貴賓室《きひん》に繋がる梯子段へと向かう。

「よし、お前達、針路を変えるぞ！」

甲板では副長の命令を受けた乗組員達が帆の向きを変えるための配置についていった。

オデットⅡ号の艦尾楼甲板のすぐ下には艦長室がある。そしてその下には、貴賓室が用意されていた。その理由は、このオデットⅡ号の横断面は樽の形に近く、下層のほうが広い空間をとれるからである。

この艦はティナエ海軍所属の戦闘艦である。従って貴賓室の主は、もっぱら提督の称号を持つ者が務めることになっていた。

だが、今回の航海で部屋の主となったのは、艦長シュラの友人にしてティナエ共和国統領《ドージェ》令嬢、旧アヴィオン王国の遺児、そしてシーラーフ侯爵公子夫人でもあるプリメーラ・ルナ・アヴィオンであった。

「プリムー」

幼なじみの気安さもあって、シュラとオデットはいつも通りの挨拶で入室する。

だが、貴賓室で彼女達を迎えたのは、友人の笑顔ではなく若い野心家として有名な、シャムロックの顰めっ面であった。

「あ……」

「艦長、それとオデット君。君達二人とプリメーラ姫との友誼《ゆうぎ》は、私とて十分に承知している。しかし君達は艦長であり船守りなのだから、この場では相応の礼儀を示して欲しい。ここには身内ばかりでなく侯爵家からの使者もいるのだからな」

見ればシーラーフ侯爵家の使者、デメララ男爵が苦笑していた。

どうやら何か重要な話し合いが行われていたらしい。プリメーラ、シャムロック、シーラーフ侯爵家の使節デメララ男爵が顔を揃えていた。

更には彼らを補佐する主任メイドのアマレットと、シャムロックの秘書イスラ、シーラーフの書記官なども陪席している。

「これは失礼しました！　皆様に報告があって参りました」

「報告を聞こう、艦長」

シュラが姿勢を正して告げると、皆を代表してシャムロックが応じた。

「天候が怪しくなって参りましたので針路変更をいたします。これにより到着予定はこれまでよりも更に延びることになります。予定では明朝六点鐘を予定しています」

親友の言葉を聞いたプリメーラは、無言で窓の外へと目を向けた。

すると蒼い水平線と澄んだ空が見えた。天気が悪くなるとはとても思えない空模様だ。

しかし翼皇種《アヴィ》の友人は、日本から帰国するとその能力を更に高めている。彼女の天候予報が外れることはまずあり得ない。

シャムロックは度重なる遅延に我慢がならないとでも言うように顔を顰めた。

「また遅れか……何とかならないのかね？」

するとデメララ男爵が、取りなすように口を挟んだ。

「シャムロック十人委員、無理を言っても仕方のないことですぞ。神々の気まぐれに気を揉むだけ損というものです」

「しかしそこをなんとかするのが、艦長や船守りの務めというものだ」

するとシュラは直接シャムロックやプリメーラを見ないように、少しばかり視線を上げて背筋を伸ばして言った。

「申し訳ありませんでした！　全ては私の不徳の致すところです」

「まあいい。だがこれ以上の遅れは困るぞ」

「はい、これ以上は遅れさせません」

シュラは敬礼する。そして無言のプリメーラと視線を合わせて微笑むと、オデットとともに貴賓室を後にしたのである。

貴賓室からシュラとオデットの二人が退出すると、シャムロック十人委員は中断させられた話し合いの続行を宣言した。

「では、交渉方針の確認作業を続けましょう」

するとデメララ男爵は言った。

「アトランティアの女王《ハーラム》は曲者《くせもの》として知られています。我々が追及したとしても、海賊との関与を素直に認めるとも思えません。シャムロック殿は一体どのように、交渉の攻め手とするおつもりでしょうか？」

アトランティアの女王《ハーラム》レディ・フレ・バグは帝国の先代皇帝の姪で、更には現帝ピニャ・コ・ラーダの従姉妹にあたる。

だがこの女性がそこいらにいる深窓の姫君ではないことは、皆がよく知る事実であった。

何しろピニャと帝位を競って破れ、それがために辺境のアトランティアの王室に追放同然の形で輿入れさせられたのだから。

アトランティアの国王《ハール》が、レディの輿入れ一年後に夭逝《ようせい》してしまったことも、また様々な憶測を呼んでいる。レディがそのまま女王《ハーラム》となったこともあってか、先代国王《ハール》はレディに暗殺されたのではないかという噂がまことしやかに流れているのだ。

そんな人物が、抗議をされたぐらいで「はい、申し訳ありませんでした」などと頭を下げるはずがない。逆に、あらぬ疑いをかけたと強い抗議が返ってくるぐらいのことは想定しておかなければならない。

「問題はアトランティアが何を狙って海賊どもを使嗾《しそう》してアヴィオン海を荒らして回っ

ていたかですな。それさえ分かれば、攻め口も見えてくるかと……」

デメララ男爵は問いかけた。

シャムロックは、子供でも分かる話だと返す。

「そんなものは決まってます。あの女王は碧海《ハーラム》の海上覇権を手に入れようと狙っているのです」

海賊を使嗾して、ティナエやシーラーフなどのアヴィオン諸国の通商船を襲わせる。それによって得た資金で海賊に武器を与え、船を増やし、ティナエの海上権益を更に奪う。そうなればアトランティアは懐をまったく痛めることなく海軍を増強できる。そしてライバル国を経済的に、軍事的に締め上げていくことが出来るのだ。

「しかし本当にそうなのでしょうか？　そんなことをしたら、アトランティアは帝国と対立することになりませんか？」

デメララは疑問を提示した。

仮初めの形であっても、アヴィオン諸国は帝国の覇権に従っている。アトランティアがそれを脅かすような行動をするなら、帝国が黙っているはずがない。

だがシャムロックはその意見に対して懐疑的な態度をとった。

「本当に帝国は介入してくるでしょうか？」

「と、言いますと？」

「レディ女王《ハーラム》は帝国皇帝の血族です。先王が逝去すると、帝国の力を後ろ盾に国内の貴族を抑えて実権を握りました。その上でアトランティアが周辺に向けて勢力の拡大を始めたとなると、そこに帝国の意志があると考える必要があるのではないでしょうか？」

その言葉にデメララ男爵は目を丸くした。

「し、しかし！　女帝ピニャと女王《ハーラム》レディの間に確執があることは皆がよく知る事実です。この両者が手を組むとは思えませんが？」

「しかし、それが演技であったら？」

「え、演技ですか？」

シャムロックは「左様です」と首肯した。

「帝国は異世界との戦いで大きな損害を負いました。国軍は壊滅に等しい打撃を負い、領土は切り取られた。その損失を補うため、海洋諸国の支配を強めようとしたとしてもおかしくない。私はそう思うのです」

「つまり、レディ女王《ハーラム》は帝国の海洋支配の尖兵役を担っていると？」

「もちろん何の根拠もない推測です。しかしどうしてもこの考えが私の頭にこびり付いて離れてくれないのです……」

プリメーラはシャムロックの話を聞くと、アルヌスや日本で出会った帝国の外交官達を思い浮かべた。

彼らはそのようなことは匂わせもしなかった。もちろんそういった計画があったとしても、それをこちらに気取らせるような人間が外交官になれるとも思えない。だがもしシャムロックが言うような計画があったなら、プリメーラに対してもう少し異なる態度になっていたと思うのだ。

「我々はどう対処すべきなのでしょうか？」

デメララ男爵の問いにシャムロックは淀《よど》みなく答える。

「私に秘策があります」

「秘策？」

「はい。ですが何よりも大切なことは、我々が協力して事に当たることです。ティナエとシーラーフの強固な団結こそが帝国やアトランティアの陰謀を打ち破る力となるでしょう」

シャムロックはそう言うと、秘策がどのようなものであるかの説明を始めたのである。

05

「プリム、アトランティアのウルースが見えてきたよ。艦首甲板においでっ！」

翌朝、オデットⅡ号はシュラが予告した通りに六点鐘が鳴る頃にアトランティアをその視界に収めた。

シュラ艦長から報せを受けたプリメーラは、アマレットを従えて貴賓室から艦首側甲板へと上がった。

艦首楼甲板には他の乗組員の姿はない。きっとシュラが気を利かせたのだろう。そのおかげでプリメーラも周囲からの視線を意識することなく会話が出来た。

「あれがアトランティア・ウルース？」

「そう。あれがアトランティアのウルースなのさ」

単眼鏡を覗いていたシュラは、プリメーラに微笑むと単眼鏡を譲った。

細長い筒の接眼部を覗き込んだプリメーラに見えたのは、大小様々な船の群れだった。

「見えるのは船ばかり。わたくしには陸らしきものが見えません」

「そう。それでいいんだよ」

「それでいいって言われても……」

「だってウルースというのは船の集まりという意味だからね。つまり、あの船の大群こそがボク達がアトランティアと呼んでいる国の正体なんだ」

シュラは語った。アトランティアとは、王城船アトランティア号を核として大小様々な船が寄り集まった群れ＝ウルースのことなのだと。アトランティアの国民もまた特定の種族や民族ではなく、海で生まれ、育ち、子を産み、そして死ぬ者達のことを意味していた。

彼らは船を単位に生活のグループを作る。

小さな家族なら小さな船で、大家族なら中型の船で、一族規模となると大きな船あるいは中小規模の船で船団を作って暮らす。

彼らの社会のありようをイメージするには、草原に暮らす遊牧民を考えるといいかもしれない。

海での生活は危険が大きい。気候や海況といった人間の力では及ばない自然現象だけでなく、海賊や海棲怪異などにも立ち向かわなければならない。

その中で生き残るには、腕っ節と度胸と船を操る技術だけが頼りだ。そのため人々は実力のある指導者を慕って集まる傾向があった。優れた指導者が登場すると、たちまち多くの船が集まって大船団を作り、更に大きくなってウルース（国家）に成長するのだ。しかし個人の人望と能力を頼りに成り立った集団は寿命が短い。指導者が死んだ、衰えた、力を失ったといったことがあればたちまち離散して消滅する。

実際、これまでの長い歴史の中で幾つものウルースが生まれては消え、生まれてはまた消えていっている。しかしそんな離合集散を繰り返してきた海の民の歴史において、このアトランティア・ウルースは比較的寿命が長く続いていた。何しろハールと呼ばれる国王が三代続いたからだ。

どんなに長くても二代続けばよいウルースにおいて、君主が三代続くというのは滅多にないことなのである。

オデットII号はアトランティア・ウルースに近付いていった。

それまで遠くにあったため一つの塊にしか見えなかった船も、近付くと一隻一隻ずつの姿がはっきりとしてくる。すると船で暮らす人々の姿も見えてくるようになった。

「本当にいろいろな船が並んでいるのですね」

よく観察すると大小様々な船が大量に並んでいる。小さな漁船のような船から中型の商船、大型の船が舷を接しているのだ。

そして船同士を太い鎖で繋ぎ、舷梯を渡して相互に行き来できる一つの浮島にしてある。そうして出来上がった円形の船の群れが、他の群れと連なり、更に大きな群れを形作っているのだ。

「ウルースは、一番小さな群れの単位を船区、船区同士が連なって船群、船群が連なって船団という単位になっている。そして核となる船を中心に、花びらのように広がっている……」

区と区の間にはそれぞれ水路が設けられていて船が行き来できるようになっている。群と群の間にも、団と団の間も、規模に応じた広さの水路が設けられていて様々な船が行き来しているのだ。

また船と船の間には時々生け簀があって、そこでは魚が養殖されていた。

生け簀は、うねりを受けた船に押し潰されてしまわないよう、丈夫な丸太で囲われている。そのため魚ばかりではなく、子供達もそこで泳いで遊んだりしていた。主婦が洗濯をしているという日常の光景もその近くで見ることが出来た。

「アトランティアのウルースは海上を常に移動していてね、おかげで見つけるのにも苦労してしまうんだ」

クンドラン海は沿岸に沿う形に海流が大きな環を描いている。そのため海に浮かぶアトランティアは海流に乗って位置を変えていき、やがて元に戻ってくるという。

「プリム、今回はよくぞ引き受ける気になったね。アトランティアに行く使節団の代表だなんて」

「アトランティアの女王《ハーラム》が、王族か貴族しか相手にしないと公言してるのですから仕方がありません。それに代表と言ってもわたくしは名目だけのお飾りです。実際の交渉はシャムロック十人委員がしてくれることになっています。だからこそ引き受けました」

「自分で交渉を成功させようと思わない？」

「ニホンの助けを得られたことだけでも結果的にやり過ぎになってしまったのですよ。これ以上目立つようなことはもう……」

プリメーラはそう言って憂う表情を見せた。

海賊によって海上封鎖を受けているに等しい状態に陥っていたティナエは、プリメーラの尽力によって救われた。

日本政府が海上自衛隊を派遣して、アヴィオン海の海賊対処行動に乗り出したことで一時は途絶えていた外国との交易が復活したのである。

これによってプリメーラは国民から喝采を浴びた。

これまでどの政治家もどの軍人も成し遂げることの出来なかった問題解決の道筋を、彼女が作り上げたことでその政治手腕や存在感までもが高い評価を受けたのだ。

問題はプリメーラが統領《ドージェ》ハーベイ・ルナ・ウォールバンガーの娘でありつつも、母親が旧アヴィオン王家の王女でもあるということだ。

旧王家の血筋が国民を救ったことで、アヴィオン海の七カ国を統一して再び一つの王国を取り戻そうという王政復古派が力を得てしまったのだ。もちろんこれはティナエ政府にとって嬉しい状態ではない。そこでプリメーラは、これ以降は大人しくしていることにしたのである。

「代わりに表舞台に押し上げられたのがシャムロック十人委員か……彼は野心家だよね」

今回の使節団派遣において、シャムロックが主導的役割を果たしたことは皆が知っている。

もしこの交渉で成果を上げることが出来たら、ティナエ政庁もただ手をこまねいている訳ではないと国民に示すことが出来る。プリメーラも、自分の肩に伸し掛かっている国民の期待を分け持ってもらえるので万々歳なのだ。

「彼は若く、強い上昇志向の持ち主です。だから海賊問題を何とかすることで、十人委員としての席次を上げていきたいと考えているのでしょう」

「確かに、アトランティアとの交渉を成功させて海賊問題を解決したら、彼の外交手腕は国民から高く評価されると思う。君みたいにね。でもいいのかい？」

「我が国が平和になるのなら、誰が手柄を立てようともいいじゃありませんか？」

「彼は君の父上を追い落とすかもしれないよ」

「彼が自分にそれだけの力があると証明できるのなら……それが共和制というものでしょう？」

「その通りだけどね。けどまさか君が自らアトランティアに行くことになるとはねえ」

シュラは皮肉を言った。

かつて王政復古派は、プリメーラを拉致してアトランティアに駆け込もうとした。アヴィオン統一のための軍をアトランティアから借りるつもりだったのだ。当然、その計画にはアトランティアの女王《ハーラム》が深く関わっていたに違いない。以来ティナエではアトランティアは特に警戒を要するところであると認識されている。

「使節として公式に訪問した者をどうこうするなんて許されません。あの女王《ハーラム》とても何も出来ないはずです」

「でもね、ボクは心配なんだ……」

「いざとなったら、シュラが守ってくれるのでしょ？」

「うん。それは任せておいてくれていい」

「ならば心配することは何もないじゃないですか？」

「でも、ボクの力ではどうにもならないことが起こるかもしれない……」

「大丈夫です。そんなことは滅多に起きませんから。仮に起きたとしても、シュラは正しい選択をするはずです。私は貴女の決断を支持しますよ」

プリメーラが親友への信頼を表明すると、副長兼航海長がシュラに発言許可を求めた。

「どうした？」

「艦長、ウルースより入港許可が出ました。タリオン船区・七号桟橋船に接舷せよとのことです。これより実施します」

単眼鏡を目の前にある船の群れへ向ける。すると歓迎の意を示しているのかティナエ国旗を掲げている船があった。それはウルースの深奥部、一番中枢に近いところにある。あそこがタリオン船区なのだろう。

水路をどんどん奥へと進んでいく。

「桟橋船ってどれだろう？」

桟橋船とは、要するに桟橋の役目を果たすことを目的に建造された船ということだ。

構造からして浮桟橋と言ってしまってもいいように思えるのだが、ここでは海面に浮かぶものはなんでも船として扱うということなのかもしれない。

「あ、きっとあれがそうです！」

「左舷での接舷を行え！」

シュラが命じて接舷作業が始まった。

オデットⅡ号は、帆を広げたままウルースの水路を進む。そしてタリオン船区の七号桟橋船を見つけるとスムーズに速度を減じながら右にカーブした。

オデットⅡ号の左舷と桟橋船との間にフェンダー（緩衝材）を挟んで、舫い綱を互いに引き寄せる。そうして綱を固定すると舷梯を渡して作業は完了である。

「ティナエの方々、よくぞおいでくださいました。私はアトランティア王室の侍従次官セーンソムと申します」

舷梯の固縛作業が終わると、帝国ともアヴィオン海諸国のそれとも異なる、独特のデザインの服装で身を包んだ褐色の肌の男性が渡ってきた。

この男がアトランティア宮廷の侍従らしい。若く見えるが、次官というからには上から数えたほうが早い地位にいるはずだ。

その端正な装いを見ると、一般に広く知られているような、辺境の蛮族であるという印象はない。ウルースとして代を重ねたことで人々の生活も自ずと文化的になってきたということなのだろう。あるいは帝都からやってきた現女王の薫陶《ハーラム》が行き渡っているのかもしれない。

シュラが艦を代表してセーンソムと向かい合った。

「ボクが艦長のシュラだよ」

「おお、これはお美しい。私はどうやら幸運に恵まれたらしい」

セーンソムがシュラの容姿を褒め称えた。

シュラは、ある種の違和感を覚えつつも苦笑で対応した。

「ありがとう。外見は飾っても中身は海賊なんだけどね」

「なおさら結構です。我々とて似たようなものですから……で、ティナエからの使節の方々はどちらにおいででしょうか？　早速ご挨拶をしたいのですが」

「こちらだよ。ボクが案内しよう」

シュラは自ら侍従を先導して艦内貴賓室に向かった。

つい先ほどまで艦首にいたプリメーラとアマレットは、侍従の目に触れないうちに貴賓室に戻っている。甲板で待っていれば手っ取り早く挨拶も出来て合理的なのだが、この世には儀礼や典礼というものがある。この世界は無条件で他者を尊重する社会ではないので、馬鹿馬鹿しく思えたとしても、面倒くさい手続きによって重んじなければならない相手であると思い知らせる必要がある。儀式や典礼とはその意味でも軽んじることの出来ないものなのだ。

貴賓室に入ると、シュラは芝居がかった恭しさでプリメーラを紹介した。

「『碧海の美しき宝珠ティナエ』統領《ドージェ》が娘にして、シーラーフ侯爵公子が未亡人、プリメーラをご紹介いたします」

「まさか王女殿下が自ら我がウルースに？　旧アヴィオンの王族にご来訪いただけるとは望外の光栄。初めてご尊顔を拝します。私はアトランティア女王《ハーラム》に仕える侍従次官セーンソムと申します」

「歓迎の言葉、嬉しく思いますよ」

いつものようにプリメーラはメイドのアマレットに囁き、彼女がその言葉を代言して挨拶に応えたのだった。

＊　＊

「その荷物は貴重品だから扱いに注意して……そっちの荷物もよ」

入港作業を終えたオデットⅡ号の甲板では、三つ目秘書のイスラが荷物を運搬する随員達に指図していた。

「イスラ！」

貴賓室での謁見《えっけん》を終えたシャムロックが甲板に上がってきてイスラに話しかけた。

「シャムロック、ちょうどよかったわ。運んでいく手土産の件なんだけど……」

「その話は後だ」

「どうしてよ。重要な問題でしょ？」

「これからすぐに女王《ハーラム》に拝謁しなければならん。侍従次官のセーンソムがそう言ってきた」

「まあ、これから!?」

さて、普通は外交使節が他国に上陸すると、とりあえずはその国の迎賓館とも言える施設に迎えられて、手足をゆっくり伸ばしてしばし休息。その後に容儀を整えて、元首に対して来着の挨拶をするものだ。ここでいう元首とは、もちろんアトランティアの女王《ハーラム》になる。

だが今回に限っては、休息の時間が割愛されることになった。

「女王《ハーラム》が待ってるんだとさ。すぐに出かける支度をしてくれ。迎えはもう来ている」

「迎えが来てるって、もしかしてあれ？」

イスラが三つある目を丸くした。そこに来ていたのは奴隷に担がれた『輿《こし》』だったからだ。

シャムロックは肩を竦めた。

「そうらしい」

これが陸上の国家なら、使節達は王宮差し回しの馬車に乗るところだ。だが、ここアトランティア・ウルースは船の群れだから、馬車が走るような『道』が存在しない。必然的に移動は船で水路、あるいは甲板上の通路や舷梯を徒歩で、ということになる。もちろん貴賓を歩かせる訳にはいかない。そこで王宮が差し向けてきたのが奴隷が担ぐ輿なのである。

シャムロックやプリメーラ、デメララ男爵はクッションを敷き詰めた人力で担ぎ上げられる輿にて運ばれる。イスラ達随員はそれに徒歩で続くことになった。

「どう、シャムロック。みんなの注目を浴びる気分は？」

輿に揺られるシャムロックは、イスラの問いに自嘲的に呟いた。

「参ったよ。これじゃまるで見世物だよ」

「貴方、目立つことが好きなんだからいいじゃない！」

何人もの副使、随員を従えて進む使節団は多くの人々の注目を浴びている。そんな中で一段高い輿に揺すられているのは、何か曝し者にされている気分になるのだ。

「そんなに羨ましいなら代わってやってもいいぞ」

「ありがとう。でも結構よ……私って目立つのは苦手なの」

「そうかよ！」

シャムロックは、自分の前を歩いているセーンソム侍従次官に声を掛けた。

「セーンソム侍従次官、教えて欲しい」

「なんでしょうか、十人委員殿」

「このアトランティア・ウルースの作りから察すると、ここにある船はいつも海に浸かっていることになるな。それではウルースを構成している船が腐ったりしないのか？」

船というのは手入れに手間が掛かる。船底に付着する藻や貝の類は船乗り達を悩ませる種だ。これらによって船の速度は確実に低下するのだ。

更に木造の船体は長く水に浸かっていると傷んでいく。そのため定期的に陸に揚げ、掃除をして乾燥させなければならない。しかしこのウルースには船を揚げるための陸がない。そのためどうしているのかと気になったのだ。

「そういう時のために、我がウルースでは船渠《ドック》船というものを用意しています」

そしてそれに船を揚げて、船体の乾燥や船底の掃除をしているとセーンソムは語った。

「ほう、船渠《ドック》船!?」

つまりこのアトランティア・ウルースには、船を載せることが出来る程に大きい船を建造する技術があるということを意味する。

その時、横で話を聞いていたシュラがシャムロックに聞こえるように言った。

「そんなものがあったらさぞ便利だろうね。羨ましい」

ティナエの港にも船渠《ドック》はある。しかし今現在はどこも新造船の建造に使われていた。

そのため船底の掃除や船体の乾燥は、どの船も潮の干満を利用して船を浜に揚げて行っている。索具《ロープ》などを利用して船体を大きく傾け船底を露出させ、えっちらおっちら手で掃除をしているのだ。

しかしこれは危険なことである。時々、作業中に索具《ロープ》が外れて、掃除をしている乗組員が船底の下敷きになる事故が起きる。

もし船渠《ドック》船というものがあるならその危険を避けられる。船も傷まないし、必要な時に必要な場所で作業が出来るのだ。

するとシャムロックはシュラに言い返した。

「そんなものに予算を割いている余裕など我が国にはない。艦艇数の増強こそが急務だからな」

二人の会話を耳にしたセーンソムは、客を驚かせることに失敗した手品師のような表情をした。

「十人委員は以前、このアトランティア・ウルースにおいでになったことがおありですか？」

「いや、初めてだが」

「そうでしょうか？　初めてのお客様は今の話をいたしますと大抵は驚かれますので。口さがないお客様ともなりますと、我が国がそんな大きなものを建造できるはずがないからはったりだ、嘘だなどとおっしゃるのです」

シャムロックは内心で舌打ちした。

実を言えば、彼はこれまでに何度かこのアトランティアを訪れたことがある。

もちろん商人としてである。だが表沙汰に出来ない取引を目的としていたから、秘密にする必要があった。だから公式にはシャムロックのアトランティア訪問は、これが初めてということになっているのだ。

するとシュラが庇うように言った。

「実は最近、ボクはもっと大きな船を見たことがあってね。シャムロック十人委員もその時の報告書を読んでいるんだ。だから驚かないんだと思うよ」

その言葉にセーンソムは瞼を瞬かせた。

「シュラ艦長。それは、どちらでのことですか？」

「ニホンさ」

シュラは木造どころか鋼鉄で出来た潜水艦、そして巨大なタンカーを目の当たりにしたという。その報告はシャムロックのところにも回ってきて彼を盛大に驚かせたのだ。

「そうですか、残念です」

やがて使節の行列が目指す船が見えてくる。するとセーンソムが芝居がかった言い方で告げた。

「ご覧ください。あれが王城船アトランティアⅢ号です」

王城船は乾舷（水面からの高さ）だけでも、全長・全幅ともオデットⅡ号の四～五倍はある。

もちろん木造だ。そしてその周囲を同規模の船六隻が取り巻くように寄り添っている。六隻はクロメイ、ミーシュ、アレーズ、プリマ、アリア、マチルダと呼ばれ、それぞれ政庁、迎賓、軍事といった様々な施設機能に特化しているという。

「あれ？　あっちにも同じ型の船があるようですが？」

　王城船とそれを囲む六隻から少し離れたところにも同規模の船が見えた。

「あれは近衛兵の兵営船ミニィ号です。何しろウルースには陸地がありませんので、兵士の訓練や生活の場となる駐屯地が設けられません。そのためにこの型の船を用いております」

　王城船と同規模の船は、船区が集まって出来る船群に必ず一つは置かれているということである。

「なるほどねえ。この規模の船をそれだけ量産できるならその技術力も本物という訳か」

「はい。我が国は海の民。海における技術では全てにおいて最高だと自負しております。先程の話の続きとなりますが、我が国には巨大な船を建造する技術などないとおっしゃる方も、これを見るとみなさん驚かれるのです。私はその方々の表情の変わりようを見るのがとても楽しみでして……」

　その言葉を聞いたシャムロックは、盛大に驚き褒めてやった。

「いやいや、本当に驚きました。アトランティア王家三代の間に、どうやってこれだけの技術力を身につけたのかと驚嘆しております」

「全て歴代国王《ハール》、そして現女王陛下《ハーラム》の慧眼《けいがん》のなせる業《わざ》です。皆様を驚嘆させることが出来ましたと、早速ご報告申し上げることにいたしましょう」

シュラが不思議そうに尋ねた。

「しかし一体なんで一番とか、皆を驚かせることにこだわるんだろ？」

「他国に舐められないためです。女王《ハーラム》は我々が野蛮人だと見下されることは、最も耐えがたい屈辱であると申しておりますので」

屈辱というが、これまで海の民が野蛮だと蔑まれてきたのにはそれなりの理由がある。

彼らは漁労や海棲哺乳類の養殖で生計を立てている。しかし食べることは出来ても換金性のある生産品がない。金銭がないと穀物、船具、武器、衣類、日用雑貨、酒、嗜好品が手に入らない。

だから彼らは手っ取り早く他人から奪うことを覚えた。つまり海賊行為である。商船や海岸の村や港を襲って積み荷や品物、財貨を奪ったのだ。

これは陸の民にとって迷惑この上ない行為だ。当然、憎しみと蔑みを産み、陸上諸国からの反撃を呼んだ。

海の民には、海上ならば多少の戦力差はどうにでもなるという自信があったが、陸上諸国が反撃に本腰を入れると彼らは無力だった。彼らの船や武器は陸上の国家に比べると性能で劣っていたのだ。

海の民はたちまち打ち負かされ、多くの船が沈められ、陸から離れた遠く沖合へと逃げなければならなくなった。

離合集散を繰り返してきた海の民には、技術や知識の蓄えがない。新しい武器や船を作るための富の蓄積がない。そのためにあらゆる部分で後れていたのだ。

シャムロックは傍らにいるイスラに向けて呟いた。

「アトランティアのウルースは三代続いた。初期の頃はここも盗賊集団がそのまま国家を名乗ったようなものだったのだろうが、三代もの年月が経てばそれなりに体裁が整うということなのだな」

歴代の王が力を入れて人材を集め、育てて国力を高めてきたから今日がある。

だが今の女王《ハーラム》は周辺国から侮られないこと、一目置かれることに血道を上げている。セーンソムが何かと我が国が一番という言動を繰り返すのも、誉れを示すことで、それに相応しい尊敬を得るためだ。全ては誇り高い女王《ハーラム》の精神に家臣達が感化されているからなのだろう。だがその誉れとやらは、その気位の高さに相応しいものなのだろうか？　確かに大型船の建造の技術は素晴らしいが、それだけではダメなのだ。

「ま、虚飾も過ぎるとかえって馬鹿にされるって、気付かないところが滑稽なんだがな」

シャムロックは心に思ったことを思わず呟いていた。

「シャムロック、聞こえるわよ！」

イスラの注意を受けてシャムロックは慌てて口を噤む。そして侍従次官の反応を窺った。

だが聞こえてなかったのか、それとも聞こえてない振りをしてくれているのか、セーンソムは何の反応も示さなかった。あるいは、皮肉られているのが自国や自分のことだとは思わなかったのかもしれない。

王城船内部は船とは思えない程ゆったり広々とした通路が作られていて、豪奢な飾り付けがなされていた。

例によってセーンソムが自慢する。

「どうです。見事なものでしょう？　帝都の宮殿にも負けないと自負しております」

「航海もちゃんと出来るように作ってあるな」

シャムロックの呟きにセーンソムが答えた。

「船なのですから当然です」

「建造は最近のようだな」

船は色艶や舷の手すりの減り具合を見ると、建造されてからの年月が分かる。船を掃除する際、軽石や砂で磨くからだ。つまりサンドペーパーをかけているのと同じなので、年月が経過すると必然的に角が丸まり手すりは痩せていく。この船はまだ角が丸まっておらず手すりも痩せていない。故に新しいと分かるのだ。

「はい、アトランティアの王城船はこれで三代目。女王陛下《ハーラム》が即位なさってからの建造です」

シャムロックは、先ほどの失敗を償うかのように、あちこちを見渡しながら感想や質問を次々発してセーンソムを嬉しがらせた。

「さすが十人委員。お目が高い」

全ては本番の交渉で少しでも有利にするためだ。相手が不機嫌なのと上機嫌なのとではやはり違いが出てくるのだ。

やがて使節団は王城船アトランティア号の中にある一際大きな扉の前へと出た。

「いよいよ、謁見の間でございます。皆様よろしいですね？」

シャムロックは失礼がないようイスラの服装を点検し、彼女からも容儀の点検を受けた。

プリメーラもアマレットに、デメララも随員と相互に確認し合っている。そして準備を終えるとセーンソムが朗々と歌い上げ、扉が開かれたのである。

「偉大なるアトランティアの女王《ハーラム》である。海に暮らす者達の長、帝国皇帝の従姉妹、レディ陛下である！」

謁見の間に入ると、正面奥のカーテンが開かれ、黄金の玉座が現れた。内部では噎《む》せるほどの香が焚かれ、空気が霞んで見えるほどだ。

そしてそこには最高に美しく着飾ったレディが腰掛けていた。

彼女の隣には、席を接するようにして二歳ぐらいの小さな男児が座っている。おそらくは先代王との間に出来た王子だろう。他所からやってきたレディがいきなり女王《ハーラム》として君臨できたのも、ただ帝室の血を引いているばかりでなく、王位継承者、すなわち次代国王《ハール》の母という立場があったからなのだ。

シャムロックが一歩前に出る。そして使節として挨拶を試みた。

「レディ陛下、はじめてお目にかかります。私は……」

しかしレディは顔を背けた。

「無礼者！　誰の許しを得て陛下に近付いたか！」

シャムロックは白髪の侍従長によって譴責《けんせき》を受けた。

近衛兵達がシャムロックの前に立ち塞がる。そこでシャムロックは自分が失敗したことを悟った。近付いてよいという許可を得ていないのだ。

「ったく、王侯の礼儀作法って奴は面倒臭くてしょうがない」

シャムロックは呟きながら一歩退いた。

「ティナエでは卑《いや》しい商人であろうと金さえ積めば代表の地位が買えるそうだな？　そのように、玉も石も一緒くたにしてしまうおぞましき有り様だからこそ、世の序列を乱す不調法をしても恥じ入ることがないのであろう？」

「穢らわしいことです」

顔を背けていたレディは侍従長の言葉を受けてそう呟いた。

「くっ……」

さすがのシャムロックもここまで言われると我慢ならない。世に誇れるのはご大層な血筋というだけで、何の実力も実績もない人間が威張れる世の中に対して、怒りで我を忘れそうになったのだ。

しかし同時にこの事態は、シャムロックには予想できていた。

交渉において相手の落ち度を責めて、主導権を得ようとするのは常套手段だからだ。落ち度が相手になければ無理矢理作る、こじつけるなんてこともする。

しかし、このような場合にどう対処するかは既に対策済みだ。あらかじめ打ち合わせしていたように、シャムロックは更に一歩引き下がる。するとプリメーラがメイドのアマレットを伴って静かに進んだ。

「…………」

すると今度は侍従長も妨げることはなかった。

それどころか近衛兵達も恭しく一礼してプリメーラの前から退いていった。

当然である。プリメーラは、レディが重きを置く伝統と血筋の条件を十全に満たす王家の末裔なのだから。相応の敬意を示さなくてはその態度は自分達に跳ね返ってしまう。

だからこそシャムロックは使節団にプリメーラが加わることを求めたのである。

プリメーラは十分なまでに女王《ハーラム》に歩み寄った。そしてアマレットに耳打ちをする。主任メイドが主に代わって口上を述べた。

「お初の謁《えつ》を賜り光栄に存じます。女王陛下《ハーラム》、わたくしがプリメーラでございます……」

すると今度はレディもしっかりとプリメーラに顔を向けた。

「貴女がアヴィオンの王女ですね？　よくぞ参られた。以前から、貴女とはじっくり話をしたいと思っておりました」

その表情はシャムロックから顔を背けた時と異なって温和であった。

「わたくしもです、レディ陛下。わたくしとともに参りましたティナエとシーラーフの使節を、この場でご紹介申し上げてもよろしいでしょうか？」

「うむ、苦しゅうない。許す」

プリメーラは、早速シャムロック、デメララ男爵、そしてシュラを紹介した。

儀式、儀典、格式……面倒なことばかりだ。しかしアトランティアとの外交交渉はここから始まるのだと思い直したシャムロックは、改めて気合いを入れたのだった。

＊　＊

ティナエとシーラーフの合同使節団は、こうして到着の挨拶を終えた。

「さあ、いよいよ明日から本番ね」

歓迎の午餐《ごさん》会の会場に向かう途中、イスラがシャムロックに囁いた。

だが、シャムロックは何を馬鹿なことを言っていると嗤う。

「外交交渉はもう始まっているぞ」

「そうなの？」

「実はもう最初の一発を食らったところだ。予想通りだったので無事に切り返せたが、ああいうやり方をしてくるとは思わなかった」

互いの出方、力量を測るような前哨戦はすでに始まっているのだ。

そして、宴席のような歓迎ムードの中でもそれは行われることになった。

乾杯が済むと、侍従長は好々爺のような笑みを浮かべシャムロックに歩み寄った。

「先程は失礼いたしました。我が国は新興で周辺諸国から何かと蔑視されて参りました。それだけに宮廷儀礼についてはかえって五月蠅くなってしまうのです。レディ陛下は帝国皇族ご出身、我々のような田舎者では陛下のご不興を買わないようにするだけで精一杯でして」

こうも下手に出られるとシャムロックも仏頂面ばかりしていられない。肩を竦めて笑顔で応じた。

「そうですか。これからはどうぞお手柔らかに……」

これでティナエ側は、アトランティア側が儀礼や作法に五月蠅い態度を取ることを受け容れざるを得なくなる。しかしこのままにしておいては、アトランティア側が儀礼や作法を盾にしてペースを握ろうとしてくることは容易に予想できる。そのため儀礼に左右されない会談の場を設ける必要があった。

「しかしそのような儀礼を気にしていては非効率です。いかがでしょうか、高貴なる方のお相手は高貴なる方にお任せすることにして、我々のような実務者だけで交渉の下地作りをするというのは？」

するとと侍従長は微笑んだ。

「素晴らしい提案です。しかしながら我がアトランティア・ウルースでは女王陛下《ハーラム》の親政で事が決しております。通常の国にならば置かれている宰相に相当する者もおりません……確かに実務者協議は効率的なのでしょうが、今回の交渉で実現させることは難しいでしょう」

「宰相がいないとはいえ、その役割を侍従長、貴方が担っておいでなのでは？」

「私に政治などとてもとても。陛下のお世話だけでも手一杯です」

侍従長はそう言ってシャムロックの追及をはぐらかした。

この交渉相手はタフで手強いと、シャムロックは認識を改めなければならなかった。

会談が始まったのは日を跨いだ翌日からである。

王城船アトランティアⅢ号の傍らに接舷している政庁船ミーシュ号の一室に、アトランティア側と使節団の双方が集まった。

だが、何故かその場にレディの姿がない。アトランティア側の最高権力者は、予定の時刻を大幅に過ぎてもなかなかやってこなかったのだ。

予定した時刻はどんどん過ぎていく。挨拶の時の失点をここで挽回するのだと意気込んでいたシャムロックは、スカされて苛立つことになった。

「女王陛下《ハーラム》がおいでにならないなら、我々だけで話を進めてしまいましょう」

シャムロックは提案したが、アトランティア側は「そのような僭越《せんえつ》なことはとてもとても」と受け付けてくれない。そのため、時ばかりが無為に過ぎていった。

レディが姿を現したのは、会談の予定時間の半分が過ぎてからであった。

遅れてやってきたレディは、厚顔にも化粧の乗りが悪かったのだと言い訳して、悪びれることがない。自分の隣に幼い息子を座らせるとこう言った。

「遅れてごめんなさい。けれど理解してくださいますわよね。みっともない格好で現れては使節の方々に失礼ですから」

シャムロックとシーラーフのデメララ男爵は深い溜息しか出来なかった。

息子を座らせ、自らもその隣に腰を下ろしたレディは、交渉相手の顔を一通り見渡すと問いかけた。

「それで？　ティナエとシーラーフの両政府が手を取り合い、遠路遥々クンドラン海の真ん中までやってきた理由とは一体何なのでしょう？」

挨拶やら前置きをしている時間はない、シャムロックは一歩進み出ると単刀直入に告げた。

「女王陛下《ハーラム》、アヴィオン海で跳梁する海賊どもを大人しくさせていただきたいのです」

相手が受け容れにくいことであっても要求を直接ぶつけて、間髪を容れずに畳み込んでいくのがシャムロックが得意とする交渉術だ。

「分かりません。それをどうして私に？　まったく理解できません」

レディは小首を傾げながら眉根を寄せた。

「アヴィオン海で跳梁する海賊達の背後には、あなた方アトランティアがいる」

「心外です。そのような事実はまったくありません！」

「惚《とぼ》けられるのですか？」

「惚けるも何も、本当に関係がないのですから仕方ありません。もちろん我がアトランティアの歴史を鑑みればそう思いたくなることも理解できます。ですがアトランティアも建国以来、代を重ねて私で既に三代目。ウルースは発展し、繁栄し、かつてのような海賊行為にふける者もありません。……もちろん、皆無とは申しませんけれど、しかしそれはもう私の関与しない個々人が行うことであり、アトランティアがウルースとして後押ししているという種類のものではないのです」

　すると、デメララ男爵が口を挟んだ。

「しかし我々には証拠がある」

「証拠とは一体何でしょう？」

　シャムロックが言葉を継いだ。

「証人です。ここ最近、我らもようやく海賊を捕らえることが出来るようになりました。そして捕らえた海賊の船長達が口を割ったのです。自分達はアトランティアに使嗾された、と」

「それを信じたのですか⁉　このアトランティアの女王《ハーラム》にして、帝国皇帝の従姉妹である私よりも、下賤な海賊の言葉を信じるというのですか？」

「……」

　しばしの沈黙が流れる。シャムロックもデメララも、その通りだと返したかったところを自制したからである。この場でそれを言ったらお終いなのだ。

　レディは無礼だなんだと言い立ててこの場から立ち去ってしまうだろう。そうなったらその先にあるのは交渉ではなく、戦いである。

　そのためシャムロックは別の方角から攻めることにした。

「もし、アトランティアが関与されていないのでしたら、それは残念なことですな」

「どうして残念なのです？」

「我々は、アトランティアが海賊と関与していると理解した際、そもそも何を企図してそのようなことをしたのかと思いを巡らせました。何度も何度も考え、慎重に検討し、一つの結論に達したのです」

「何度も申しますが、我々にはまったく関係のない話です」

「では、仮定のこととしてお聞きください」

「よいでしょう。あくまでも仮定のことですね？」

シャムロックは頷くと続けた。

「女王陛下《ハーラム》、貴女はクンドラン海の支配だけでは飽き足らず、アヴィオン海諸国を勢力下に収めることを狙っておいでなのです。そして更には碧海全体を影響下に収めたいと思っている」

「そのようなこと、少しも考えていません……が、仮定の話として聞くなら興味深い国家戦略ですね。どうぞ続けてください」

「貴女が海賊活動を推し進める理由は何故でしょう？　それはアヴィオン諸国の経済力を奪い、国力を低下させること、更にはそれらの国内で内部分裂を誘って、自国に有利な政権を立てさせることが目的です。そして奪い取った財貨で自国の海軍力を強化する。

これを繰り返して敵が十分に弱くなり、味方が十分に強くなったその時、貴女はアヴィオン海征服の決定的な行動に打って出る訳です。――どうでしょうか？　この考えは」

「実に有効なやり方だと思います。もしその通りに行動できたならの話ですけれど」

レディは感心して見せながらも、そんなことは出来るはずがないし、そもそもその気もないと繰り返した。

「そんなことをしたら全世界を敵に回してしまいます。それはとても愚かなことのように私には思えます。そうですよね？」

レディの問いかけに、彼女の臣下達は一斉に頷いた。

しかしシャムロックは続けた。

「いいえ、世界を敵に回す心配はありません。何故ならこの動きの背後には帝国がいるからです」

するとその時レディの表情が意外にも歪んだ。

「どうして帝国が？」

「陛下はもともと帝国の帝室の一員でいらっしゃった」

「つまり貴方はこう言いたいのですね？　私があの女の意のままに動いていると？　あのピニャの命令に従っていると⁉」

自分がピニャに従っていると思われることがよほど嫌なのだろう。レディの表情は更に嫌そうに、とても嫌そうに歪んだ。

「しかし事実として、レディ陛下は帝国の力を背景に先代王の遺臣達に服従を迫り、ついにはアトランティアを手中に収めたではありませんか？」

「帝国は関係ありません。私は先王陛下の妻であり、その血を引く王太子の母でもあります。息子が成人するまで私が王位を預かるのは当然のことではありませんか？」

「しかし先王には弟も、あるいは成人している妾腹の息子とていました。その中で貴女の推戴を決めた遺臣達は、帝国の存在を果たして意識していなかったといえるでしょうか？」

「……」

シーラーフのデメララ男爵が言う。

「そこで我々は考えたのです。帝国がアトランティアという国を使ってアヴィオン海を、そして碧海を版図に収めることを狙っているのなら、いっそのこと機先を制して、我々は帝国に臣従《しんじゅう》してしまってはどうかと」

「なんですって？」

さすがのレディも立ち上がった。

シャムロックが言葉を継ぐ。

「我が国は今ですら形式的には帝国の朝貢国《ちょうこう》なのです。なら、アトランティアに併呑《へいどん》されてその足下に置かれる屈辱を味わうより、直接帝国に臣従したほうが国の威信も格式も損なわれず、更には通商の自由を謳歌できる。そう考えたのですよ……ですが海賊の背後に貴女がいないとおっしゃるのなら、それも早合点の勇み足だったかもしれません。故に残念だったと申し上げたのです」

こればかりはさすがのレディも予想していなかったのか、明らかに狼狽えた。力が抜けたように再び玉座に座り込む。

「そ、それは……」

もし自ら臣従を申し出たのなら、ピニャはそれらの地域の体制を大きく変えない。ティナエは自治領のまま、シーラーフ侯国にも改めて帝国から爵位を贈られるだろう。

もちろん多額の公租を払う必要はあるが、ティナエもシーラーフも帝国の一部としてその庇護を受けることになるのだから一方的に損ばかりではないのだ。

そしてそうなってからこれらの国々と事を構える国があらば、それは帝国を相手に喧嘩を売ることになる。

そのことを知った女王《ハーラム》は明らかに動揺していた。よほど都合の悪いことなのだろう。

「どうされました？」

シャムロックがほくそ笑みながら尋ねた。

「い、いえ……」

レディは是とも非とも言えずに窮してしまった。

額に浮かぶ玉のような汗を見て、シャムロックは逃げ道を奪った上でやり込めてやった、完全な勝利だと思った。

「びえええええええええええええええええ！」

するとその時、レディの傍らに座っていた王子が泣き始めた。

レディは、慌てふためいた様子で我が子を抱き上げる。そしてよしよしとあやし始めた。壁際にいたメイド達もわらわらと集まってきた。

シャムロックやデメララは、それらを驚いて見ていることしか出来なかった。

もちろんプリメーラもだ。

「恐れ入りますが、使節の皆様にはしばらくの休憩をお願い出来ないでしょうか？」

侍従長から言われてしまえば否も応もない。使節団は致し方なく会談の中断を受け容れたのである。

シャムロックを先頭に使節団が会議室を退出していく。

扉が閉じられて身内だけになると、大臣達がレディに一斉に振り向いた。

レディが吐露する。

「危ないところでした」

「しかし陛下の機転には誠に感服いたしました。まさか我が子の肌を抓《つね》って泣かせるとは……」

泣いている我が子を女官に預けたレディは侍従長に顔を向けた。

「この程度のことで褒めないでください。問題を先延ばしにしただけで何の解決にもなっていないのですから」

「これは失礼いたしました」

「実際問題として、先ほどのシャムロック十人委員の言葉は本当なのですか？　ティナエやシーラーフの内部では帝国に属してしまおうという動きは出ているのですか？」

侍従長は女王《ハーラム》の下問《かもん》に答えらず、部下のセーンソムを振り返る。

侍従次官セーンソムが一歩進み出た。

「間諜の報告ではまったく逆となっております。最近はアヴィオン海を荒らす海賊船が次から次へと拿捕されております。ニホンという国の援助のせいです。いずれ海賊達は駆逐され、ティナエはかつての繁栄を取り戻すことでしょう。両国とも、帝国の属国に成り下がる必要がないのです」

ニホンという単語を聞いたレディは小さく舌打ちした。

「またニホンですか。忌々しい連中だこと……しかしそれならばどうして帝国に身売りをするなどと言い出したのです？」

「おそらくこれにはティナエの国内事情が関わっているかと思われます」

「それは？」

「ニホンが海賊対処なることを理由に軍艦を派遣したのは、プリメーラ姫の活躍があったからと聞きます。姫の人気は国内ではかなり盛り上がっているとか。ティナエは共和制故に市民の人気が権力への道となっています。これによって、王政復古派が力を増したようです」

「王政復古派……アヴィオン諸国を統一して昔の王国を再建しようという者達ですね？」

「そうです。当然、共和派は面白かろうはずがありません。特にシャムロック十人委員のような血気盛んな若者にとっては、彼女は目の上のたんこぶに……」

「つまり、あの男は功を焦っているのですね？」

レディは爪を軽く噛む。

「私がピニャと結託しているように見えてしまうのは……侮辱以外の何ものでもありません。しかし両国に帝国に身売りされるのはもっと困ります。アヴィオン海の諸国は、いずれ全て我が国の領土となるのですから」

するとセーンソムが言った。

「女王陛下《ハーラム》。当面の問題はシャムロックにどう対処するかです。王子が突然泣き始めた理由を何かのご病気が原因だったと言い訳をいたしましょう。そうですね、麻疹《はしか》にかかったとでもしましょう。これは下手をすると命に関わる病です。女王陛下《ハーラム》が自ら看病をするため会議を中断するよい理由となるでしょう」

「そしてその間に、彼らに帝国に身売りさせない方法を考えることにするのですね？」

「はい」

家臣達の期待の視線が自分に集中するのを感じたレディは嘆息した。

ここにいる連中は、問題の解決よりも、先送りにする理由作りにばかり長けているのだ。

「では両国の使節にはそのように説明して交渉はしばらく延期だと伝えなさい。それまでに私も上手い方法を考えておきます」

レディはそう言って大臣達を見渡した。

しかし彼女の家臣達は全員押し黙ったままだ。この状態で上手い対策が見つかるとは誰も考えていない証拠だ。結局、女王《ハーラム》は自らこれからのことを考えなければならないのだ。


「延期だって？」

待合にいたシャムロック達は、申し訳なさげに散会を告げたセーンソム侍従次官に問い返した。

「はい、侍医の見立てですと王子殿下は麻疹の恐れがあると……それでレディ陛下は大変にお心を痛められて、話し合いどころではなくなってしまったのです。母の子供への思いはご理解いただけますね？」

シャムロックは深々と嘆息する。そして続けた。

「では、続きはいつだ？」

「王子殿下の快癒後ということにしてはいかがでしょう？」

「では、女王陛下《ハーラム》には、お大事になさるようお伝えください」

「かしこまりました」

恭しく一礼するセーンソムを尻目に、シャムロックは三つ目美人のイスラとともに踵を返した。

遅れてデメララ男爵とその侍従が続き、プリメーラとアマレットは最後となった。

「イスラ……見ていたか？」

セーンソムから十分に離れるとシャムロックは囁いた。

「もちろんよ。あの女王《ハーラム》が王子様の脇腹を抓ってた……そしたら可哀想に、あの子がけたたましく泣き始めたのよ」

「つまり、それだけ俺達の言葉に追い詰められたということだ……」

「どういうことですかな？」

デメララ男爵が距離を詰めて問いかける。

「女王《ハーラム》は帝国の傀儡《かいらい》じゃない。自分の意志で碧海の覇権を狙っているんだ。もしかすると……」

「もしかすると？」

帝国とも事を構えるつもりなのかもしれない。だから帝国に身売りをすると言われて返す言葉に窮したのである。

だが、この考えはさすがに憶測が過ぎている。そのためシャムロックはそのまま口を噤んでその先は語らなかった。

＊　＊

レディは大臣達を執務室から追い出すと、部屋の片隅にある隠し扉を潜った。

そこに繋がる細くて暗い通路を、まったくの一人で進む。一人で答えを導き出すことが出来ないような難問にぶつかると、レディはこの通路を使うのだ。

王城船くらいの規模になると、隣の船との行き来には何本もの舷梯が渡されている。人間や物資の往来がとても多く、一本や二本ではとても賄いきれないからだ。

舷梯には露天甲板同士を繋ぐものばかりでなく、海面近くにある船倉の開口部同士を繋ぐものもあったりする。しかも王城船のものだからその通路は壁や天井が設けられていて、渡る者や荷物が雨風に濡れないようになっている。その構造を銀座側世界のもので例えるなら、飛行場にある旅客機に繋がるボーディングブリッジを思えばいいのかもしれない。

その中の一本に、普段誰にも使われていないものがある。それが、レディが周囲に知られることなく王城の外へと出るための通路であった。

レディはそれを使って隣の迎賓船マチルダ号へと渡った。迎賓船というのは外国からの使節や賓客をもてなすための庭園設備や宿泊施設、厨房が整えられた船のことだ。

レディは狭い通路の終わりが見えてくると隠し棚に置いてある外套で身を包み、その行き止まりで扉を開いた。

するとその先は厨房となっていた。

迎賓船の厨房はとても広く、料理人や給仕の出入りが多い。そのため不意に誰かがやってきても気に留める者はない。この船は乗船までの身分照会や手荷物検査などはしつこいまでに行われるが、一度中に入ってしまうと警戒はないに等しくなる。おかげでレディもそれらの中に紛れ込むことが出来るのだ。

レディは迎賓船から外に出ると、王城船区からも離れ、アトランティア・ウルースの大小様々な船が舷を並べている古船区に向かった。

古船区の船はアトランティア・ウルース発祥の船区でもある。鎖で接続されて長いこともあって、海水に浸かっている舷側部にはフジツボに似た貝類がびっしりこびり付いている。手入れも行われておらず普通に歩いてもそこかしこでギシギシと音がした。

だがそんなところに限って大勢の人間が暮らしている。怪しげな職業、あまり公言できないいかがわしいことを生業としている者が、種族性別を問わずに集まってくるからだ。

外套に身を隠したレディはそんな船の一つへと向かった。そしてその甲板に広げられた天幕の入り口を潜った。

中は香の匂いで満たされていた。光源はたった一つの小さな燭台のため薄暗い。

そこに三つ目の女がいた。

「あら、女王《ハーラム》陛下。来たの？」

とても女王《ハーラム》に対峙しているとは思えない態度で迎えたのは、ミスラ・デ・ピノスだ。レノンというヒト類似の風貌をした亜人種女性で、レディの知らないことだが、シャムロックの秘書イスラと寸分の違いもなく同じ容姿、同じ容貌をしている。ただ服装だけが、この場に相応しく占い師のような装いとなっていた。

相手を女王《ハーラム》だと知りながら無礼な程にざっくばらんな口調のミスラに、レディは最初手を焼かされた。しかし最近になってようやく慣れた。これはこういう女なのだと納得したのだ。

「ミスラ、彼はいて？」

「もちろんよ……でも、先客がいるからちょっと待ってて頂戴」

しばし待っていると分厚い羅紗《らしゃ》の垂れ幕から女と思しき人物が出てくる。その人物は人目に触れることを恐れているのか、レディの目を避けるようにそそくさと去っていった。

すぐにレディは中に入ろうとする。だが、ミスラは止めた。

「……どうして？」

「身繕いする時間が必要でしょ？」

レディは目を剥いた。

「身繕いする時間が必要なことをしているって訳？」

「そういうご依頼も時にはあるのよ……」

ミスラは何食わぬ顔で告げる。それを聞いてレディは心がざわめくのを感じた。

「ミスラ、それでいいの？」

「だっていい稼ぎになるもの。彼にそういう仕事をしろって言ったのもあたしなのよ」

「占い師でもやってみたらどうかって、勧めたのも貴女だったわよね？」

「そうよ。何もかも捨てて貴女を追っかけてやってきた哀れな男に、とりあえず食べていく術を教えてやったのよ。その対価として、私もこうしてお零れに与っているんだけど……では、入っていいわよ。陛下」

レディは、勢いよく垂れ幕を潜った。

すると内部の中心にはテーブルがあり、そこには水晶球が一つ置かれていた。そしてそれを占い師に扮したヴェスパーがじっと睨み付けていた。

ヴェスパー・キナ・リレ。帝国では男爵の爵位を持っている。

ヴェスパーの姿をレディは見惚れるように眺めていた。ただ、何度も見てきたので数秒で見飽きてしまってすぐに口を開いた。

「そうしていると、本当に未来でも覗いていそうね」

するとヴェスパーは水晶を覗き込んだまま告げた。

「これは演出というものだ。私がこうして未来を覗くフリをする。すると何故か多くの女達が私の助言を素直に聞き入れるようになる」

ヴェスパーは顔を上げると、レディに立ってないで座れと告げた。

するとレディも言われるまま対面の席に腰を下ろした。

「女達に人気があるようね」

「人生には様々な悩みがある。私はその悩みを解決するための手助けをしているだけだ」

するとレディは身を乗り出す。

「下世話な欲求の解消も手伝っているそうね？」

「時にはな……さ、言うがよい我が女王《ハーラム》。何に迷い、何を求めてここに来た？」

男は言いながら黄金のパイプに手を伸ばす。大きく息を吸って口から紫煙を吐き出す。すると背徳と退廃の香りが辺りに漂った。

この男、魔薬を常用しているのだ。

レディは深々と嘆息した。

帝国から追放同然の形でアトランティアにやってきたレディは、夫たる国王《ハール》やその周囲にいる家臣達と上手くいかなかった。文化も考え方も、気位の持ち方もまったく違ったのだ。おかげでレディは時折王城を抜け出して憂さ晴らしをする必要があった。

もちろん身分を伏せてのことだ。そして「よく的中する。助言はとても有効だ」と評判になっていた占い師を戯れに訪ねた。そこでヴェスパーと再会したのである。

聞けば、レディが追放される原因となったとも言えるこの男は、自分を追ってきたと言う。

それを聞いた瞬間レディは直感した。ヴェスパーが皇帝に与して自分にあんな酷いことをしたのは、レディを愛していたからだったのだ。

この男は皇帝の姪という、本来ならば決して手の届かない存在のレディを引きずり下ろし、貶めることで自分の手に届く存在にしようとした。ただ残念なことに、結果は彼の目論見通りにはならなかった。だから帝国で男爵の爵位を持つこの男は、全てを投げ捨ててこんな海の果てまでやってきたのである。

自分を愛して止まない男が、自分を追ってきた。それを知ったレディは背筋がぞっとするような甘美な快楽を感じた。身を持ち崩すような魔薬の常用も、荒淫《こういん》も、手の届くところにいるはずのものを自分の手に入れることが出来ない苦しみに耐えるため。そう思えば何もかも許せる気持ちになる。いや、それればかりか破滅させてやりたいという嗜《し》虐《ぎゃく》心が掻き立てられてしまう。

「交渉の感想はどうだったかね？」

この男は再会以降、味方のいないレディに有益な助言をしてくれている。夫であった国王《ハール》が亡くなった後、レディが権力を掌握できたのも彼の助言があってのことなのだ。

「交渉は酷いものだったわ。ティナエのシャムロック十人委員が、あまりにも私を攻め立てるので困っちゃって」

レディはそう言って会談の席でどれだけ苦しい思いをさせられたかを吐露した。そうすれば、この男は自分のために有効な助言をしてくれるのだ。


〈下巻に続く〉

大ヒット
異世界×自衛隊ファンタジー
ゲート
自衛隊
彼の海にて、
斯く戦えり
GATE SEASON 2
1~5
柳内たくみ 著
Yanai Takumi
1~5巻
好評発売中！
文庫1~3巻
（各上・下）
大好評発売中！
ゲート SEASON 2
1.抜錨編
自衛隊 彼の海にて、斯く戦えり
柳内たくみ 著
舞台は異世界の海！ゲート海自編、ついに開幕！
海上自衛隊VS
異世界海賊＆海軍！
累計420万部！ 超スケールの自衛隊×異世界ファンタジー！
『ゲート』シリーズ累計
ついに500万部突破！
豪華賞品が当たる
海自編、待望の文庫化！
●各定価：660円（10％税込）●Illustration：黒獅子
●各定価：1870円（10％税込）
●Illustration：Daisuke Izuka

アルファライト文庫

この作品に対する皆様のご意見・ご感想をお待ちしております。

おハガキ・お手紙は以下の宛先にお送りください。

【宛先】

〒150-6008 東京都渋谷区恵比寿 4-20-3 恵比寿ｶﾞｰﾃﾞﾝﾌﾟﾚｲｽﾀﾜｰ 8F
（株）アルファポリス　書籍感想係

メールフォームでのご意見・ご感想は右のＱＲコードから、
あるいは以下のワードで検索をかけてください。

アルファポリス　書籍の感想　検索

ご感想はこちらから

本書は、2019 年 1 月当社より単行本として
刊行されたものを文庫化したものです。

ゲート SEASON《シーズン》2 自衛隊《じえいたい》 彼《か》の海《うみ》にて、斯《か》く戦《たたか》えり 3.熱走編《ねっそうへん》〈上《じょう》〉

柳内たくみ（やないたくみ）

2021年10月31日初版発行

文庫編集－藤井秀樹・宮本剛
編集長－太田鉄平
発行者－梶本雄介
発行所－株式会社アルファポリス
〒150-6008東京都渋谷区恵比寿4-20-3恵比寿ガーデンプレイスタワー8F
TEL 03-6277-1601（営業） 03-6277-1602（編集）
URL https://www.alphapolis.co.jp/
発売元－株式会社星雲社（共同出版社・流通責任出版社）
〒112-0005東京都文京区水道1-3-30
TEL 03-3868-3275
装丁・本文イラスト－黒獅子
装丁デザイン－ansyyqdesign
印刷－中央精版印刷株式会社

価格はカバーに表示されてあります。

落丁乱丁の場合はアルファポリスまでご連絡ください。

送料は小社負担でお取り替えします。


ISBN978-4-434-29482-2 C0193